TANIZAKI Jun'ichirô

Dans l'œil du démon

Roman traduit du japonais
par Patrick Honnoré et Ryôko Sekiguchi

Éditions Picquier

DU MÊME AUTEUR
AUX ÉDITIONS PICQUIER

Louange de l'ombre

Noir sur blanc

Titre original : *Hakuchû kigo*

Mas de Vert
B.P. 20150
13631 Arles cedex

www.editions-picquier.com

Conception graphique : Picquier & Protière

En couverture : © Martina Matencio - lalovenenoso

ISBN : 978-2-8097-1562-0
ISSN : 1251-6007

Sonomura ne faisait pas mystère des troubles mentaux qui se transmettaient dans sa famille et je savais depuis longtemps la véritable mesure de raison et de folie qu'il y avait en lui. Son degré de « je fais ce qui me plaît », aussi. C'était donc en parfaite connaissance de cause que je le fréquentais. Mais ce matin-là, comment ne pas être effaré au coup de téléphone que je reçus de sa part. Cette fois, il était devenu fou, cela ne faisait plus aucun doute. La montée de sève de ce mois de juin maussade et étouffant – et l'on dit que c'est la période de l'année où se déclarent le plus grand nombre de maladies psychiatriques – avait dû lui porter au cerveau. Il fallait au moins cela pour expliquer ce coup de fil, et je le pris pour un fait acquis.

Il devait être dix heures ce matin-là.

— Takahashi ? C'est toi ? s'écria Sonomura, comme sursautant au son de ma voix.

Cela suffit pour me faire comprendre l'état d'excitation dans lequel il se trouvait.

— Rapplique vite. Aujourd'hui, Je veux te montrer quelque chose.

— Dommage, mais aujourd'hui, je ne peux pas. Un magazine m'a commandé une nouvelle, je dois absolument terminer le manuscrit pour deux heures de l'après-midi. Je ne me suis pas couché de la nuit.

Je ne mentais pas. Je n'avais pas posé le stylographe depuis la veille au soir, sans prendre le moindre repos. Alors me faire convoquer sans même avoir le temps de me retourner par ce fils de riche de Sonomura qui disposait de tout le temps libre qu'il voulait, soi-disant pour me « montrer quelque chose », pour le coup, cela dépassait un peu les bornes.

— Ah oui. Mais ce n'est pas grave, tu n'es pas obligé de venir tout de suite. Tu n'as qu'à finir ton truc pour deux heures et tu rappliques fissa. Je t'attends jusqu'à trois heures.

Oh, ce qu'il m'énervait.

— Non, écoute, aujourd'hui, ça ne va pas être possible. Je viens de te le dire, je n'ai pas dormi de la nuit, alors une fois mon manuscrit achevé, je vais prendre un bain et me coucher. Je ne sais pas ce que c'est que ce truc que tu veux me montrer, mais ça peut bien attendre jusqu'à demain, non ?

— Eh bien non, justement, c'est aujourd'hui ou jamais. Mais tant pis, si tu ne peux pas, j'irai seul, que veux-tu... entama Sonomura avant de baisser la voix et de continuer, presque dans un murmure : Mais secret absolu, il serait très ennuyeux que tu t'en ouvres à qui que ce soit, vois-tu. Au milieu de la nuit, vers une heure du matin, quelque part dans Tokyo, un forfait... que dis-je un forfait, un meurtre va être commis. Et moi, j'ai bien envie de m'y préparer dès maintenant, pour me rendre sur place avec toi et y assister, qu'en dis-tu ? Tu n'as pas envie de voir ça ?

— Qu'est-ce que tu racontes ? Commis ? De quoi parles-tu ?

Je n'en croyais pas mes oreilles et dus lui faire répéter.

— Un meurtre... *Murder*. Un assassinat, te dis-je !

— Et comment se fait-il que tu sois au courant ? Qui va tuer qui ?

J'avais involontairement haussé le ton. Je sursautai à ma propre voix et me retournai, alarmé. Par chance, personne de ma famille ne semblait avoir entendu.

— Ce ne sont pas des choses à dire à haute voix au téléphone… Qui tuera qui, je l'ignore, d'ailleurs, je ne peux pas te donner les détails au téléphone. Mais il se trouve que j'ai appris que cette nuit, en un certain lieu, pour une certaine raison, une certaine personne va en assassiner une autre. Un crime qui ne me concerne en rien, cela va sans dire, je n'ai donc aucunement la responsabilité d'agir, ni pour l'empêcher, ni pour le dénoncer. Je souhaite simplement assister à la scène en secret. Or, si tu viens avec moi, d'abord je me sentirai plus à l'aise, et puis n'est-ce pas plus intéressant que de rester à la maison à écrire des romans ?

Sonomura avait parlé d'un ton étrangement calme et tranquille.

Son flegme, voilà ce qui me faisait douter de l'état mental du bonhomme. Il en était encore au milieu de ses explications quand je fus pris de palpitations d'effroi. Non, mais tu n'es pas un peu malade de parler sérieusement de ce genre de choses ? Tu es devenu fou ou quoi ? J'étais si inquiet pour lui, j'avais si peur que cela lui arrive un jour, que dans un instant de panique le mot avait tout à fait pu franchir mes lèvres.

Sonomura vivait en décadent, ce que lui permettaient sa fortune et son oisiveté. Ces derniers temps, lassé des loisirs ordinaires, il montrait une passion coupable pour le cinéma et les romans policiers, ce qui l'amenait à passer le plus clair de son temps dans son imagination, dans un état de mutisme proche de l'hébétude. Nous voilà bien, me dis-je alors que se dressaient tous les poils de mon corps, à force de tirer sur la corde de son imagination, sa démence s'est déclenchée.

J'étais son seul véritable ami, ses parents n'étaient plus de ce monde, il n'avait ni femme ni enfant. Riche à centaines de milliers, sa vie était solitaire au point que, s'il devenait fou pour de bon, il ne se trouverait personne d'autre que moi pour le prendre en charge. Eviter autant que possible de le froisser, et donc achever mon travail le plus vite possible pour me rendre auprès de lui, c'était la moindre des choses que je pouvais faire pour lui.

— Ah, effectivement, vu comme cela… Bon, je viendrai avec toi mais attends-moi, s'il te plaît. J'aurai terminé à deux heures, je pense pouvoir être chez toi avant trois heures. Evidemment, trente minutes, voire une heure de retard ne sont pas à exclure. Mais je t'en supplie, ne bouge pas tant que je ne suis pas arrivé, c'est entendu ? lui dis-je, inquiet à l'idée qu'il puisse sortir seul de chez lui. Je serai là à quatre heures au plus tard, alors tu ne fais rien d'ici là, c'est bien clair ? Pas de blague, hein ?

Je ne coupai la communication qu'après avoir répété et lui avoir fait acquiescer.

De cet instant – à quoi bon le cacher – jusqu'à deux heures de l'après-midi, j'eus beau faire mon possible pour me concentrer sur mon manuscrit, mon esprit était dans une telle confusion que toute mon attention se trouvait aiguillée dans une tout autre direction. Je bâclai un texte sans même savoir ce que je faisais, laissant mon stylographe noircir tout seul le papier.

Je dois aider ce fou. En qualité de son seul et unique ami, c'était pour moi un devoir. Mais cette perspective n'avait rien de particulièrement gratifiant. En premier lieu, parce que je n'étais moi-même pas si bien placé pour aider Sonomura, vu la fragilité de ma propre santé mentale. Pour moi comme pour lui, la saison des feuilles nouvelles était bien souvent une période d'atroce faiblesse nerveuse, et cette année déjà, à plusieurs reprises j'en avais vu les signes avant-coureurs. A rendre visite à ce fou je risquais fort de me faire refiler sa maladie. Comme dit le proverbe, on a vu souvent le chasseur de momie revenir momie.

Et puis, admettons que cette histoire d'assassinat soit sérieuse – c'était évidemment trop stupide pour être vrai, mais supposons –, loin de moi la curiosité ni même le courage d'assister à ce genre de scène. Devant un tel spectacle, il était à peu près certain que je perdrais la tête plus vite encore que Sonomura. En vérité, je ne me forçais à lui rendre visite que par respect pour les liens d'amitié qui nous liaient, pour m'informer de son état, et rien d'autre.

Il était tout juste deux heures passées de dix minutes quand j'achevai mon manuscrit. D'ordinaire, je me trouvais tellement exténué par ma nuit blanche que je dormais comme une masse au moins jusqu'au soir. Mais j'avais rendez-vous à quatre heures et le temps pressait. L'excitation m'avait sans doute ôté le sommeil. J'avalai un verre de vin pour me revigorer, je passai un pardessus d'été de laine indigo pour la première fois de la saison et je pris le tramway de la station Hakusan-ue, direction Mita. La maison de Sonomura se trouvait à Yamauchi, dans le district du parc Shiba.

C'est au milieu des secousses du tramway qu'une idée pour le moins étrange se fit jour en moi. Cette histoire que Sonomura m'avait contée au téléphone n'était-elle pas un mensonge pur et simple ? Ce soi-disant assassinat qui devait être perpétré cette nuit en un lieu de la ville, il pouvait l'avoir imaginé lui-même. Auquel cas, s'il avait besoin que je l'accompagne jusqu'au lieu du crime, c'était précisément pour que son idée se réalise. Autrement dit, n'était-ce pas tout bonnement moi, oui, moi, que Sonomura projetait d'assassiner, cette nuit, dans un endroit quelconque ? « Je vais te montrer un assassinat », avait-il dit pour m'attirer. Et pour cause, c'était mon assassinat de ses propres mains qu'il comptait me montrer ! Certes, j'y allais peut-être un peu fort, c'était totalement farfelu, mais je ne parvenais pas à repousser ma présomption comme une pure fiction. Bien entendu, je ne pensais pas avoir mérité de devenir la victime de cette mauvaise pièce de grand-guignol. Je n'avais jamais rien fait pour m'attirer sa haine, fût-ce sur un malentendu. Et il aurait beau chercher, en toute rationalité, il ne trouverait pas la moindre justification pour m'assassiner. Sauf que s'il était effectivement devenu dément, qui pouvait prétendre que ma présomption était infondée ? Qui trouverait inconcevable qu'un homme rendu fou par la lecture d'absurdes romans dont les héros sont des criminels ou des détectives ait soudain la lubie d'assassiner son meilleur ami ? Loin d'être inconcevable, c'était même tout à fait à prévoir.

Je voulus descendre du tramway toutes affaires cessantes. Un instant, mon cœur avait cessé de battre, j'avais le visage trempé d'une sueur glaciale. Quand, soudain, une seconde pensée horrible m'envahit, tel un tsunami.

Mais… ne suis-je pas devenu complètement fou, moi aussi, de me mettre dans des états pareils ? Voilà qu'il m'a refilé sa maladie par téléphone, avec son histoire !

Je me mis à trembler, tant ce danger-ci semblait plus substantiel que le précédent. J'étais prêt à tout plutôt que d'avoir à reconnaître que j'étais fou, aussi m'appliquai-je à toute force à déloger de mon cerveau l'idée qui y était apparue.

Ça n'a ni queue ni tête, enfin, je me fais des idées. Sonomura m'a dit que le crime qui devait être perpétré cette nuit ne le concernait aucunement et qu'il ne connaissait ni l'assassin, ni la victime, qu'il en avait simplement eu vent. A l'évidence, cela veut dire qu'il n'a pas l'intention de me tuer. Nous sommes bien dans le cas de figure où, sous le coup d'une démence subite, il prend une idée qui lui est venue spontanément pour la réalité et se dit qu'il a envie d'y assister avec moi, c'est l'explication la plus naturelle et voilà tout. Pourquoi imaginer autre chose ? Quel imbécile je fais, alors ! grommelai-je en prenant le parti de me moquer de ma nervosité.

Je descendis donc du tramway normalement à Onarimon. Néanmoins, incapable de me décider à me présenter à lui, je passai une première fois devant la maison Sonomura sans m'arrêter, fis deux ou trois allers-retours entre le Daimon et le Sanmon, les deux portails du temple Zôjôji, jusqu'à ce que, à court d'hésitations, je me décide enfin à revenir chez lui, et advienne que pourra.

Dans le salon occidental, j'ouvris la porte luxueusement décorée de son bureau de travail et le trouvai à faire les cent pas d'un air inquiet, surveillant d'un regard torve une pendule posée sur le manteau de la cheminée. Par le plus grand des hasards, celle-ci indiquait précisément quatre heures. Sonomura, grand et mince, dans un seyant costume occidental, élégante veste noire sur pantalon à sobres rayures verticales, cravate blanche armurée surpiquée de vert retenue par une épingle d'alexandrite, était manifestement prêt à sortir en ville. Il adorait les bijoux et, à son doigt fin et délié, une bague de perle fine et aigue-marine scintillait à la lumière, alors qu'une turquoise comme un œil d'insecte ballottait sur sa poitrine au bout de sa chaîne à gousset en or.

— Quatre heures pile, merci d'être venu ! dit-il en se retournant vers moi.

Cela me donna l'occasion d'observer plus particulièrement la couleur de sa pupille. Or, je dois dire que, bien que ses yeux portassent indéniablement la couleur de la maladie, celle-ci n'était pas plus vive que d'habitude, ni ne montrait aucun signe de crise.

Quelque peu rassuré, je me posai donc dans un bon fauteuil à un coin de la pièce et déclarai, en allumant une cigarette pour paraître plus détendu :

— Mais enfin, qu'est-ce que c'est que cette histoire ? Est-ce vrai ?

— Parfaitement vrai. J'en ai la preuve, répondit-il d'un ton assuré, sans cesser d'arpenter la pièce en long et en large.

— Allons, allons, arrête donc de marcher dans tous les sens comme cela, assieds-toi et raconte-moi en détail. Le crime dont tu as parlé doit être commis au milieu de la nuit, rien ne presse !

J'étais fermement décidé à calmer son emportement de façon graduelle, en prenant bien soin de ne pas le contrarier.

— C'est que, j'en ai la preuve mais quelques doutes demeurent encore concernant l'endroit exact. C'est pourquoi il faut absolument aller repérer les lieux avant qu'il ne fasse nuit. Je ne pense pas qu'il y ait le moindre danger, mais je te prierais de venir avec moi.

— Certainement, c'est bien pour cela que je suis venu, je ne fais aucune objection à t'accompagner. Mais c'est tout de même embêtant si tu ne sais pas où les choses doivent se passer…

— Non, non. Je sais où cela aura lieu. Selon mes déductions, ce ne peut être qu'à Mukôjima, me répondit-il en marchant à grands pas, l'air enchanté de sa « preuve », bien différent de son habituel air taciturne et maussade.

— Et comment le sais-tu, que cela doit avoir lieu à Mukôjima ?

— Je te raconterai cela plus tard, pour l'instant dépêche-toi, nous sortons. Assister à un meurtre, tu te rends compte ? L'occasion est unique, il ne s'agit pas de la rater !

— Allons, si tu connais l'endroit, tout va bien, inutile de se presser. Il faut à peine trente minutes en taxi pour aller à Mukôjima, d'autant plus que les jours sont longs en cette saison, nous en avons encore bien pour deux ou trois heures de clarté. Tu peux m'expliquer tout ça avant d'y aller. Si je t'accompagne mais que tu ne me dis rien, tu seras le seul à t'amuser, pour moi cela n'aura rien d'intéressant !

Il faut croire que mon argumentation trouva une résonance même dans son cerveau dérangé, car Sonomura opina distinctement du nez.

— Bon, alors vite fait…

Il s'assit dans le fauteuil en face de moi d'un air renfrogné, sans lâcher la pendule des yeux. Puis il fouilla la poche intérieure de sa veste et en sortit un morceau de papier occidental froissé qu'il déploya et posa sur la table à thé en marbre.

— Voici la preuve dont je te parle. J'ai ramassé ce morceau de papier avant-hier soir, dans un endroit assez singulier, regarde bien ces signes, toi aussi tu dois pouvoir les reconnaître.

Il parlait comme pour me soumettre une énigme, avec un demi-sourire à donner froid dans le dos, me regardant dans les yeux par en dessous.

Des chiffres et des signes, comme une formule mathématique, étaient tracés au crayon sur plusieurs lignes : 6*;48*634;‡1;48†85;4‡12,††45…

Je ne reconnaissais rien du tout, cela va sans dire. Si jusqu'à cet instant précis j'avais conservé quelques doutes sur la condition mentale de

Sonomura, les derniers s'étaient envolés devant ce bout de papier qu'il avait ramassé je ne sais où et qu'il tenait mordicus pour la preuve d'un crime, désolé pour lui.

– Qu'est-ce que cela peut bien être ? Je n'ai aucune idée de ce que cela signifie. Tu sais lire ces signes, toi ? demandai-je d'une voix tremblante, pâle comme un linge.

– Tu n'es pas très cultivé, pour un homme de lettres, dis donc... répliqua-t-il en éclatant de rire, avant de poursuivre, sur un ton doctoral plein de morgue : N'as-tu donc jamais lu la célèbre nouvelle d'Edgar Poe, *Le scarabée d'or* ? Si tu l'as lue, il est inimaginable que ces signes ne te rappellent pas quelque chose...

Malheureusement, je n'avais lu que deux ou trois romans de Poe. J'avais entendu dire que *Le scarabée d'or* était particulièrement intéressant, mais je n'en connaissais pas l'histoire.

– Ah, évidemment, si tu ne l'as pas lu, ce message n'a pas de signification pour toi. Voici rapidement ce que ça raconte... Jadis, un pirate du nom de Capitaine Kidd a enfoui en un certain lieu de Caroline du Sud un butin d'or et de pierres précieuses et a indiqué le lieu de sa cachette en langage codé. Plus tard, un homme appelé William Legrand, habitant l'île Sullivan, découvre par hasard le message, parvient à le déchiffrer et trouve le trésor. Voilà à peu près résumée l'histoire mais le point le plus intéressant de la nouvelle réside dans la description de la façon dont Legrand parvient à décoder le message. Des explications d'une précision extrême. Evidemment, avant-hier, quand j'ai trouvé ce message, j'ai immédiatement reconnu les signes mêmes du pirate et je me suis dit que ce message ne pouvait que parler d'un complot, ou d'un crime. C'est pourquoi j'ai pris la peine de le ramasser et de le ramener chez moi.

N'ayant pas lu la nouvelle en question, il m'était difficile de dire dans quelle mesure l'explication de Sonomura était sensée. J'étais bien obligé de me fier à sa culture et à sa mémoire.

— Ma foi... cela devient de plus en plus intéressant ! Alors, où as-tu ramassé ce papier ? lui demandai-je afin de l'amener à poursuivre son récit, sur le ton de la mère qui montre de l'intérêt pour le babil de son enfant.

Néanmoins, faire revenir à la raison un savant fou qui fait pression sur un ignorant est chose fort difficile à opérer. Quelles sornettes va-t-il encore me sortir ? me dis-je.

— Voici comment j'en suis arrivé à me procurer ce papier. Sache qu'avant-hier soir aux environs de sept heures, comme à mon habitude, j'occupais seul un fauteuil de première classe au théâtre de l'Asakusa Kôen Club, à regarder un film de cinématographe. Comme tu le sais certainement, là-bas, seuls les deux ou trois premiers rangs de fauteuils de première classe sont mixtes, les rangs suivants sont exclusivement pour hommes. Or, nous étions samedi soir et il y avait énormément de monde quand je pénétrai dans la salle, au parterre comme au balcon. Je remarquai un fauteuil au milieu du premier rang pour hommes et m'y frayai un chemin. Autrement dit, j'étais assis très précisément à la limite entre les fauteuils hommes et les fauteuils mixtes. Devant moi se trouvaient de nombreux couples. Au début, je ne remarquai rien de spécial. Mais au bout d'un moment, je compris qu'une scène étrange se déroulait devant mes yeux et, délaissant le film, je me mis à observer très attentivement. Trois personnes occupaient les sièges devant moi. La salle était bondée, des spectateurs regardaient le film debout, même parmi les rangs de première classe, formant une haie compacte. L'espace était absolument noir…

Je ne distinguais donc pas les visages des trois personnes devant moi, mais je pouvais néanmoins discerner de dos à leur silhouette que l'une des trois était une femme avec un chignon et que les deux autres étaient des hommes. A la masse conséquente des cheveux de la femme, tellement abondants qu'ils donnaient chaud à voir, j'en déduisis qu'elle devait être relativement jeune. L'un des hommes avait les cheveux séparés par une raie très marquée, ceux de l'autre étaient coupés en une brosse impeccable. La femme au chignon était assise à droite, l'homme à la raie était au milieu, celui aux cheveux en brosse à gauche. On pouvait donc imaginer que la femme à droite était l'épouse de l'homme du milieu, ou sa maîtresse, en tout état de cause ces deux-là formaient un couple, et l'homme de gauche pouvait être un ami ou une relation quelconque de l'autre... Toi-même ne viendras pas dire que j'ai eu tort d'imaginer cela, n'est-ce pas ? Si la femme avait eu la même relation avec les deux hommes, elle se serait placée entre eux deux, à défaut de quoi, c'est bien l'homme le plus intime avec elle qui devait se trouver au milieu... Nous sommes d'accord, n'est-ce pas ?

— Certes, mais je te trouve bien pointilleux sur les relations de cette femme ? lui demandai-je, amusé par sa façon d'expliquer ces évidences sur le ton du grand détective.

— Eh bien, il se trouve que les relations de la femme vont s'avérer d'une importance capitale pour notre histoire. Car l'étrange scène dont je te parle, c'est ce qui se passait entre la femme et l'homme aux cheveux en brosse à gauche, qui se touchaient, s'étreignaient les doigts derrière leurs fauteuils, sans que l'homme au centre s'aperçoive de rien. La femme traçait d'abord du bout du doigt des sortes de signes sur le dos de la main de l'homme, puis l'homme écrivait sa réponse sur la main de la femme. Tous deux s'adonnèrent à ce manège un bon moment…

— Je vois, ils se fixaient rendez-vous en cachette de l'autre, j'imagine. Mais cela n'a rien de bien exceptionnel, il me paraît pour le moins exagéré de parler de « scène étrange ».

— … Pour ma part, je voulais déchiffrer ces signes, et je restais les yeux fixés sur les mouvements de leurs doigts…

Sonomura poursuivait son discours pour lui-même comme si ma remarque peu enthousiaste n'avait même pas atteint ses oreilles.

— Leurs doigts continuaient à former des signes faits de traits extrêmement simples. Il me fut facile de comprendre qu'ils communiquaient en caractères *katakana*. D'autant plus que, par le plus grand des hasards, l'homme du milieu se trouvait précisément assis devant moi, et les deux autres étant assis de part et d'autre, leurs échanges se produisaient très exactement devant mon nez. A peine avais-je deviné qu'il s'agissait de caractères *katakana* que la femme entreprit de nouveaux mouvements sur la main de l'homme. Je ne quittais pas leurs doigts du regard, pour en suivre les traces. Je réussis à déchiffrer douze caractères qui formaient les mots : *Non, pas le poison, plutôt le lacet*. Mais l'homme à qui elle s'adressait ne semblait pas comprendre et elle répéta une seconde fois, puis une troisième, signe après signe, le même message avec insistance. Enfin, l'homme saisit le sens du message et écrivit sur la main de la femme : *Quand* ? A quoi la femme répondit : *Dans deux ou trois jours*... Soudain, sans doute sur un mouvement fortuit de l'homme du milieu, tous deux retirèrent précipitamment leurs mains et firent semblant de s'intéresser au film. Leur communication secrète n'alla malheureusement pas plus loin. Mais tout de même, que pouvaient bien vouloir dire ces douze caractères *Non, pas le poison, plutôt le lacet ?* Si cela s'était limité à *Mais quand ? Dans quelques jours*, cela aurait pu se comprendre comme une promesse de rendez-vous, mais les mots *poison* et *lacet* ne sont pas d'un grand usage pour un simple rendez-vous. Il est clair que la femme discutait des détails d'un horrible crime avec l'homme. *Je ne veux pas que tu l'empoisonnes, étrangle-le*... voilà ce qu'elle lui enjoignait de faire.

Quiconque n'aurait pas été informé des troubles mentaux de Sonomura aurait certainement pris son explication pour la vérité. C'était tellement logique, tellement bien construit. Moi-même, je faillis m'y laisser prendre. Mais réfléchissons-y un peu mieux : qui serait assez stupide pour fomenter un assassinat en échangeant des messages en *katakana* au milieu de la foule, fût-elle plongée dans le noir ? A l'évidence, Sonomura avait eu une sorte de vision, il avait détourné le sens de banals messages parce que c'était ce qu'il avait envie de voir. Je n'avais besoin que d'un mot pour détruire ses illusions. Cependant, je voulais surveiller mon ami à loisir afin de juger à quel point il était déjà dérangé, aussi ne lui coupai-je la parole que par mon silence.

— ... Ce n'était plus l'horreur qui m'agitait à présent, au contraire cela commençait à m'intéresser. Je voulais comprendre leur échange un peu plus en détail. Des démangeaisons de curiosité me prirent : j'espérais découvrir l'heure, le jour et le lieu où devait avoir lieu leur crime, car j'étais décidé à y assister. Par une chance extraordinaire, un moment plus tard, leurs mains se rapprochèrent de nouveau derrière les dossiers des fauteuils. Or, cette fois, la femme tenait dans sa main un morceau de papier froissé en boule, qu'elle mit dans la main de l'homme, avant que tous deux reprennent une position normale. Tu peux imaginer avec quelle intensité je désirais prendre connaissance du contenu de ce bout de papier, moi qui voyais la scène se dérouler sous mon nez… A peine l'homme eut-il reçu le morceau de papier qu'il se leva pour aller aux toilettes, sans doute afin de lire le message. Cinq minutes plus tard il revenait à sa place, d'où il jeta la boulette de papier d'un geste très naturel comme il eût fait d'un mouchoir en papier, non sans l'avoir scrupuleusement mâchée, derrière lui, c'est-à-dire précisément à mes pieds. Je posai discrètement le pied dessus.

— Quelle imprudence de sa part ! Que ne l'avait-il jeté dans les toilettes ? demandai-je sur un ton légèrement dubitatif.

— Effectivement, ce point est un peu étrange, c'est également mon avis. Peut-être a-t-il simplement oublié de jeter le papier dans les toilettes, ou l'idée lui en est-elle brusquement venue une fois à sa place ? Et puis, le message étant écrit en code, il s'est sans doute dit qu'il pouvait s'en débarrasser n'importe où, il n'y avait pas de danger. Il ne pouvait certes pas imaginer qu'un individu capable de lire ce code se trouvait précisément derrière lui ! ricana Sonomura.

A cet instant précis, la pendule sonna cinq heures. Par bonheur, Sonomura n'y prêta pas attention. Il semblait entièrement pris par son récit.

— ... Je comptais voir de plus près à quoi ressemblaient les trois protagonistes une fois le film achevé et la lumière revenue dans la salle, mais ils ne m'en laissèrent pas le temps. A peine l'homme aux cheveux en brosse eut-il jeté le morceau de papier que la femme poussa volontairement un soupir appuyé et dit à l'homme du milieu quelque chose comme, ce film est ennuyeux, sortons, voulez-vous, d'une voix excessivement mielleuse, capricieuse, pleurnicheuse. L'homme aux cheveux en brosse renchérit aussitôt, sur un ton éminemment raisonnable, en effet, ce film n'est pas très intéressant, sortons, cher ami. Ils se levèrent précipitamment, ce qui força l'homme du milieu à quitter lui aussi sa place à regret, et tous trois sortirent et disparurent. A considérer leur comportement, il est clair que les deux comploteurs n'avaient jamais eu l'intention de voir le film et n'étaient entrés là que pour profiter de la salle sombre au public mêlé et pouvoir communiquer en secret. D'un autre côté, leur départ me permit de ramasser sans difficulté le morceau de papier.

— Et qu'y avait-il d'écrit ? Qu'attends-tu pour me le dire…

— Il suffit d'avoir lu la nouvelle de Poe pour le deviner sans difficulté : chacun des chiffres et signes typographiques représente une lettre de l'alphabet anglais. Par exemple, 5 est mis pour A, 2 pour B, 3 pour G. Le signe † signifie D, l'astérisque signifie N, le point-virgule remplace le T, le point d'interrogation désigne le U. Il suffit donc de substituer à chaque signe la lettre correspondante et de rajouter la ponctuation adéquate pour obtenir l'étrange phrase suivante, en anglais :

In the night of the Death of Buddha, at the time of the Death of Diana, there is a scale in the north of Neptune, where it must be commited by our hands.

Le W n'apparaît pas dans la nouvelle de Poe, alors ils ont utilisé le signe pour la lettre V. D'autre part, je n'ai utilisé ici un D, un B et un N majuscules que pour te faciliter la lecture, aucune distinction n'est faite entre majuscules et minuscules, évidemment. Maintenant, traduisons cette phrase en notre langue. Tu es d'accord, cela donne bien :

La nuit de la mort du Bouddha,
A l'heure de la mort de Diane,
Il y a une écaille au nord de Neptune,
C'est là que cela doit être exécuté de nos mains.

Au premier coup d'œil, cela ne semble pas signifier grand-chose, mais réfléchis-y mieux et le sens finira par t'apparaître. *La nuit de la mort du Bouddha* correspond vraisemblablement à un jour *butsumetsu* du cycle hexomadaire *rokuyô*. Le mois actuel contient plusieurs jours *butsumetsu*, mais puisque avant-hier la femme avait écrit *dans quelques jours*, le jour *butsumetsu* le plus proche tombe très exactement aujourd'hui. Ensuite, nous avons *à l'heure de la mort de Diane*. Diane étant la déesse de la lune, cela désigne vraisemblablement l'heure du coucher de la lune. Or, à quelle heure la lune se couche-t-elle aujourd'hui ? Cette nuit, c'est à une heure trente-six du matin. Voilà donc l'heure où ils commettront leur crime. Plus compliqué à se figurer est l'élément suivant : *Il y a une écaille au nord de Neptune*. Ces mots désignent clairement un lieu, mais lequel ? Si nous ne résolvons pas cette énigme, il est totalement illusoire d'espérer assister au spectacle…

Le nom de *Neptune* ne nous dit absolument rien à nous, et si ce mot relève d'une sorte de jargon privé, compris d'eux seuls, nous voilà mal. J'ai supposé pour ma part que le mot ne devait pas être plus difficile à interpréter que les *Diane* ou *butsumetsu* précédents. Neptune, dieu de la mer. Mais aussi la planète Neptune. J'ai donc envisagé que le mot désignait un endroit au bord de la mer, ou en tout cas près de l'eau. L'image du sanctuaire dédié à Suijin, le dieu shintô de l'eau, à Mukôjima, s'est immédiatement imposée à mon esprit. Tu le connais, le site est extrêmement désolé et conviendrait à merveille pour réaliser un crime. *Il y a une écaille au nord de Neptune*... Cela doit vouloir dire qu'au nord du petit sanctuaire à Suijin, ou éventuellement d'un autre pavillon situé dans le bois de pins, une maison ou un endroit sur le sol porte un dessin en forme d'écaille, quelque chose comme ceci : △. Evidemment, *au nord du sanctuaire dédié à Suijin*, l'indication n'est pas très précise, il faut donc supposer que le signe, lui, est aisé à remarquer. *C'est là que cela doit être exécuté de nos mains*. Inutile de chercher bien loin pour comprendre que le pronom *cela* désigne le meurtre, du fait que *must be committed*, du verbe *to commit*, signifie évidemment « commettre un crime ». *De nos mains* implique que la femme et l'homme aux cheveux en brosse joindront leurs forces. A la lumière des messages précédents et de la phrase *pas le poison, plutôt le lacet*, le sens général est maintenant on ne peut plus clair. Pas de place au doute ! On peut regretter que le nom de la victime ne soit pas indiqué, certes, mais d'après leur comportement de ce jour-là, il est plus que probable que leur cible soit l'homme qui se trouvait assis entre eux deux, l'homme aux cheveux à la raie marquée. Qui est cet homme ? Qui est la victime ? Evidemment, ceci n'est pas notre problème. Puisque nous avons cassé le code et identifié le lieu et l'heure, si nous parvenons à les voir à l'œuvre, cachés quelque part, ce sera déjà amplement suffisant. La seule chose que nous ayons à faire dans l'immédiat est de nous rendre à Mukôjima et de chercher, dans les environs du sanctuaire dédié à Suijin, un signe en forme d'écaille… Allons, je t'ai donné suffisamment de détails, tu as certainement saisi ce que cette affaire a de passionnant et d'inouï. Dans l'immédiat, tu devrais réfléchir au fait que le temps est capital pour nous. J'ai déjà perdu une heure et demie avec ces explications…

Effectivement, la pendule indiquait maintenant cinq heures et demie, mais les longs rayons du soleil de ce début juin n'étaient pas encore trop inclinés et, par la fenêtre à l'occidentale, il faisait encore grand jour.

— Je t'ai peut-être fait perdre un peu de temps, mais grâce à cela j'ai écouté ta formidable histoire. Et puis, pourquoi n'es-tu pas déjà allé chercher ce signe en forme d'écaille, depuis avant-hier ?

En réalité, je me demandais comment m'y prendre pour le dissuader. Et même si je l'avais oubliée un moment, je commençais à ressentir la fatigue de ma nuit blanche. Dans la mesure du possible, j'aurais aimé décliner son invitation. Partir sur-le-champ pour Mukôjima et jouer les détectives dans une histoire qui n'avait pas la moindre réalité, voilà qui semblait franchement stupide. Oui mais voilà, je ne pouvais décidément pas le laisser y aller seul, j'aurais été trop inquiet.

— Je n'ai pas attendu que tu me le dises, figure-toi ! J'ai passé toute la journée d'hier à Mukôjima à inspecter les alentours du sanctuaire à Suijin dans ses moindres recoins sans y dénicher la moindre écaille. L'idée m'est alors venue que ce signe pouvait ne pas être permanent et n'apparaître que le jour dit. La femme a dû placer le signe dans les parages ce matin, cela est clair. Hier, à vrai dire, j'ai repéré quelques endroits qui pourraient correspondre à la description et j'ai bon espoir de trouver rapidement le signe aujourd'hui. A condition qu'il ne fasse pas trop sombre, et c'est pourquoi il est essentiel de partir immédiatement. Allez, dépêchons-nous. Et par précaution, toi aussi, prends ceci.

Sur ces mots, il sortit un revolver du tiroir de son bureau et me le mit dans la main.

Son esprit était tellement échauffé, il était tellement subjugué par ses illusions que des paroles ne suffiraient plus pour le décourager. Autrement dit, le seul moyen d'anéantir sa vision, c'était encore d'aller avec lui à Mukôjima et de démontrer que ce signe en forme d'écaille n'existait nulle part. De cette façon, même si sa raison était ébranlée, au moins comprendrait-il que ce qu'il avait imaginé n'était qu'une illusion. Cette réflexion me fit accepter le revolver de bonne grâce.

— Eh bien, allons-y, alors ! dis-je en me levant d'un air enjoué. Nous avons l'air de Sherlock Holmes et Watson !

Nous prîmes une voiture du côté d'Onarimon. Sur le chemin vers Mukôjima, les traits de Sonomura étaient toujours marqués par sa vision. Son chapeau mou enfoncé sur les yeux, bras croisés sur la poitrine, il semblait plongé dans ses réflexions quand, l'instant suivant, il déclara d'une voix tonique :

— Nous en saurons certainement plus cette nuit, mais je me pose tout de même des questions. Quelle sorte de criminels sont ces gens ? A quelle classe sociale appartiennent-ils ? L'autre soir, j'aurais dû vérifier la qualité de leurs vêtements, mais il faisait trop sombre. Enfin, quoi qu'il en soit, puisqu'ils sont capables d'utiliser le code secret d'un roman de Poe, ce ne sont pas des analphabètes, c'est le moins qu'on puisse dire, ils doivent même avoir un niveau d'études assez élevé… Qu'en penses-tu ?

— Sans doute. Ils appartiennent même aux classes supérieures, si ça se trouve.

— D'un autre côté, plutôt que des membres de la bonne société, on peut supposer que ce sont des professionnels d'une organisation criminelle de grande envergure, adeptes du cambriolage ou de l'assassinat. Car sinon, ils n'auraient aucune raison de faire usage d'un tel code. Il est assez complexe à utiliser, même pour un amateur averti comme moi, et j'ai dû prendre la nouvelle de Poe et comparer ligne à ligne pour le déchiffrer. Or, l'autre jour, l'homme aux cheveux en brosse n'a eu besoin que de cinq ou six minutes aux toilettes. Par conséquent, on peut en déduire qu'ils l'utilisent de façon quotidienne et le lisent avec autant de facilité que l'alphabet régulier. Il en résulte qu'ils doivent avoir commis bien d'autres actes répréhensibles jusqu'à aujourd'hui, ce qui me porte à croire que ce sont des criminels de première classe, en fait.

La voiture où nous avions pris place avait dépassé le parc de Hibiya et filait à vive allure le long de la douve de Babasakimongai, devant le palais impérial.

— Ceci dit, ne pas savoir qui sont ces gens, c'est aussi ce qui rend les choses intéressantes ajouta Sonomura. Au début, je me disais que le mobile de leur crime relevait de l'histoire d'amour. Mais si on suppose au contraire que ce sont des criminels endurcis, un autre motif que le crime passionnel n'est pas à exclure. Dans un cas comme dans l'autre, la seule chose que nous savons, c'est que cette nuit à une heure trente-six minutes, quelque part au nord du sanctuaire à Suijin de Mukôjima, quelqu'un va étrangler quelqu'un d'autre au lacet. Et c'est enthousiasmant au plus haut point…

La voiture avait déjà dépassé Marunouchi et se dirigeait vers le pont d'Asakusa.

*

Trois heures plus tard, vers huit heures et demie, nous étions de nouveau dans un taxi où j'avais fait monter Sonomura, de retour vers Shiba, cette fois. Abattu, taiseux, il me faisait presque pitié.

— Allons, mon vieux, tu t'étais juste fait des idées, voilà tout. J'ai remarqué que tu étais un peu exalté, ces derniers temps. Tu as besoin de reposer tes nerfs. Tu devrais changer d'air, te mettre au vert, pourquoi pas dès demain ?

Tout le long du chemin, j'essayai de faire revenir mon Sonomura, boudeur, perdu dans ses pensées, à la raison.

De six à huit heures, je m'étais laissé traîner dans tous les coins autour du sanctuaire à Suijin. Nous avions cherché partout cette marque en forme d'écaille, et bien entendu, nous n'avions rien trouvé. Mais il était buté, il m'avait fallu lui rebattre les oreilles qu'il était temps de rentrer, avant qu'il se lasse enfin, lui qui m'avait assuré qu'il ne renoncerait pas avant d'avoir identifié le signe.

— Il y a vraiment quelque chose qui ne tourne pas rond chez moi, ces temps-ci. Et puisque toi aussi tu me le fais remarquer, je me demande si je ne suis pas en train de devenir fou... grommela Sonomura. Mais c'est tout de même bizarre. C'était bien là-bas... Nous aurions dû trouver un signe quelconque... Je veux bien être neurasthénique, ce qui s'est passé avant-hier soir n'en reste pas moins réel. Si j'ai fait une erreur quelque part, ce ne peut être que dans la lecture du code ou dans l'interprétation de l'énigme. Une fois rentré à la maison, il faut que j'y regarde de plus près.

A le voir ainsi persister dans ses illusions, je commençais à ressentir une certaine irritation, mais en même temps je trouvais cela comique.

— Reprendre le problème à zéro, oui, pourquoi pas, mais t'user les méninges à des questions pareilles ne t'amènera pas bien loin. En admettant que tes visions soient bien réelles, cette histoire ne vaut pas le coup de se casser un bras. Hier, je n'ai pas dormi de la nuit, je suis très fatigué, alors je vais te quitter là et rentrer chez moi me coucher. Toi aussi, je te conseille d'arrêter ces fantaisies et de te coucher tôt ce soir. Je passerai prendre de tes nouvelles demain, alors surtout, ne va pas ressortir tout seul.

Je ne pouvais pas non plus rester indéfiniment avec lui. Je descendis au pont d'Asakusa et pris le tram pour Kudan.

J'avais franchement l'impression de m'être fait mener en bateau et je restai là un moment comme un piquet, exténué. Nous avions passé trois heures à Mukôjima à chercher comme des fous, et comme je n'avais rien mangé, je fus soudain pris d'une faim cuisante. Mais dès que j'eus changé à Jinbôchô pour reprendre la ligne de Sugamo, le sommeil me tomba dessus et me fit oublier ma faim. A peine arrivé chez moi à Koishikawa, je me mis au lit et dormis comme un mort.

Combien d'heures dormis-je ainsi, je ne sais, mais dans un demi-sommeil j'entendis des coups répétés à la porte principale. Et le moteur d'une automobile, aussi.

Ma femme vint me réveiller.

— Mon ami, quelqu'un frappe à la porte, qui cela peut-il être à cette heure ? Il est venu en voiture, je crois bien.

— Il est revenu ? C'est Sonomura, je parie. Il est un peu dérangé, récemment. C'est tout de même ennuyeux.

Je me frottai les yeux et me levai, résigné. Je sortis pour voir au portail.

A peine avais-je ouvert la petite porte que Sonomura déboula dans l'entrée et me souffla sa trouvaille dans l'oreille.

— Ça y est ! Ça y est ! J'ai trouvé l'endroit ! L'histoire de Neptune, ce n'était pas le sanctuaire à Suijin, c'est le Suitengû ! Je m'étais trompé. Et j'ai trouvé la marque en forme d'écaille dans une ruelle au nord du Suitengû ! Allez, viens ! On y va ! Il est exactement minuit et cinquante minutes. Il nous reste à peine quarante-six minutes. J'ai pensé faire cavalier seul, mais puisqu'on avait parlé d'y aller ensemble, je suis venu exprès te chercher. Prépare-toi vite fait ! Allez, on se dépêche.

— Tu as trouvé l'endroit ? Mais, à minuit et cinquante minutes, même en partant maintenant, pas sûr qu'on puisse arriver à temps pour tout voir. Sans compter que s'ils nous repèrent, ça peut devenir dangereux. Tu devrais laisser tomber, toi aussi, tu ne crois pas ?

— Pas question de laisser tomber, en ce qui me concerne. Même si je ne peux pas voir, je resterai accroupi derrière la porte pour entendre la voix du type en train de se faire étrangler. D'ailleurs, d'après ce que j'ai vu tout à l'heure, la maison avec la marque de l'écaille est une petite habitation de plain-pied qui n'a que deux pièces, c'est très étroit. Et comme c'est l'été, toutes les cloisons de papier et les panneaux ont été enlevés, elle est juste fermée par un ou deux stores et écrans de bambou. Le plus fort, c'est qu'il y a une grande fenêtre à mi-hauteur par-derrière, le volet est plein d'interstices et de nœuds creux, on peut tout voir à l'intérieur, c'est vraiment l'emplacement idéal ! Pendant que nous parlons, il s'est déjà écoulé dix minutes. Il est exactement une heure du matin. Alors, tu viens ou pas ? Décide-toi rapidement ! Si tu ne veux pas, moi, j'y vais tout seul.

Drôle d'endroit pour tuer quelqu'un, me dis-je. Mais, au cas où, je ne pouvais tout de même pas le laisser y aller seul, et même si c'était franchement assommant, j'étais bien obligé de l'accompagner.

— C'est bon. Attends-moi, je me prépare tout de suite et j'arrive.

Je retournai dans ma chambre et me rhabillai en vitesse.

— Que se passe-t-il, mon ami ? Tu sors à cette heure ? me demanda mon épouse avec des yeux ronds.

— Non, non, je ne t'en ai encore rien dit, mais depuis quelques jours, Sonomura est devenu complètement fou, il n'arrête pas de raconter des choses bizarres, je suis très embarrassé. Le voilà qui veut qu'on aille assister à un assassinat qui doit avoir lieu au sanctuaire Suitengû à Ningyôchô, pour te dire…

— Oh, quelle horreur ! Mais c'est dégoûtant !

— C'est surtout très inconvenant de réveiller toute la maison en tambourinant à la porte en pleine nuit. Mais si je lui laisse la bride sur le cou, il risque de faire de grosses bêtises, alors je vais tout de même essayer de l'embrouiller et de le ramener chez lui à Shiba. Quelle poisse, alors…

Après avoir trouvé ce prétexte pour ma femme, nous remontâmes une nouvelle fois en voiture.

A cette heure tardive, la ville était plongée dans le silence. Après Hakusan-ue, nous passâmes devant le Premier Lycée, puis nous continuâmes agréablement sur le pavement du tramway de l'avenue Hongô. J'avais l'impression d'être encore dans mes rêves.

Les lourds nuages de la saison des pluies qui allait commencer assombrissaient une bonne partie du ciel, laissant le reste à quelques étoiles ensommeillées.

— Plus que dix-sept minutes ! Il ne reste plus que dix-sept minutes ! déclara Sonomura, éclairant sa montre-bracelet avec sa lampe de poche au moment où nous passions Matsuzumi-chô.

Quand il cria : « Plus que douze minutes ! », le taxi se mit à foncer à une vitesse aussi folle que le cerveau de Sonomura, coupant au pont d'Izumi pour prendre l'avenue de Ningyôchô.

Nous décidâmes d'abandonner notre taxi du côté de Hettsui-Gashi et prîmes les étroites ruelles du quartier, en faisant un détour pour éviter le poste de police. Je ne connaissais pas très bien la topographie du quartier et me contentai de courir sur les pas de Sonomura qui changeait de rue à tout bout de champ, si bien que j'aurais été incapable de dire où nous étions ni dans quelle direction nous allions.

— Nous y sommes presque, alors on marche à pas de loup, maintenant. C'est là-bas ! La cinquième ou sixième maison, me dit à voix basse Sonomura, qui n'avait pas prononcé un mot jusque-là et marchait à grands pas.

Il désignait le fond d'une impasse en bordure d'un canal d'eaux usées recouvert de planches, cerné de masures sordides.

— Où ça ? Quelle maison ? Et la marque de l'écaille, où est-elle ?

Sans répondre à ma question, Sonomura s'arrêta et scruta le cadran de sa montre, avant de jurer d'une voix éraillée :

— Et flûte ! Flûte ! Flûte ! C'est raté... Une heure trente-huit. Nous sommes en retard de deux minutes !

— Eh bien, tant pis. Mais où est cette fichue marque ? Montre-la-moi, dis-je en regardant de tous les côtés, à la recherche d'un signe.

Vu la passion qu'il y mettait, je m'attendais au moins à trouver quelque chose qui ressemblât à une écaille.

— Laisse tomber la marque, je te la montrerai tranquillement tout à l'heure. Approche-toi, au lieu d'ergoter. C'est ici ! Là !

Il m'agrippa sans ménagement par l'épaule et me tira de force dans un intervalle entre deux maisons sur notre droite, qui était juste suffisant pour s'y glisser en insistant un peu. Il devait y avoir un tas d'ordures quelque part, car dans le noir complet, des odeurs indescriptibles de substances en fermentation vinrent m'agresser les narines. D'autre part, des toiles d'araignée s'emberlificotaient à mes oreilles et se rompaient en crépitant. Sonomura me précédait de cinq ou six pas. Je le découvris soudain accroupi, retenant sa respiration, l'œil collé à la jointure d'un volet.

A droite du store en bambou il y avait une volée de bardeaux, alors qu'à gauche... mais oui, c'était bien la grande fenêtre basse dont Sonomura m'avait parlé tout à l'heure, par laquelle il était maintenant en train de regarder à l'intérieur. Le volet disjoint et fendu qui la fermait laissait filtrer la lumière en divers endroits, et si j'en jugeais par la clarté aveuglante des rayons lumineux, je pouvais imaginer que l'intérieur était éclairé par une ampoule électrique de très forte puissance. Sans réfléchir plus avant, je m'approchai et, mon épaule contre celle de Sonomura, je collai mon œil à un nœud creux, et je vis.

Le trou devait être assez gros pour y passer le pouce. Sur l'instant, accoutumé à la nuit comme je l'étais, je fus ébloui et ma vue troublée ne me permit pas de voir autre chose que quelques ombres indistinctes. Plus facilement reconnaissable pour moi était le souffle fébrile de Sonomura à mes côtés. Le silence était tel que le tic-tac de sa montre semblait la pulsation de son excitation.

Au bout d'une ou deux minutes, mes yeux commencèrent à accoutumer. J'aperçus tout d'abord, dressée verticalement, comme une colonne d'une extraordinaire blancheur.

Quelques secondes supplémentaires me furent nécessaires pour reconnaître la nuque magnifique d'une femme assise de dos. Or, elle était assise si près de la fenêtre qu'elle obstruait presque le nœud creux par lequel je l'observais, ce qui de fait rendait très malaisé de reconnaître la forme d'un dos humain. Je devinais à peine le chignon de sa coiffure à la *tsubushi-shimada*, ainsi que le début d'un léger surtout de crêpe de soie sombre. Le bas de ses reins se trouvait hors de mon champ de vision.

En dépit de la taille somme toute réduite de la pièce, celle-ci était éclairée par une ampoule d'une puissance considérable, au moins cinquante watts. Il n'y avait rien d'étonnant à ce que la nuque de la femme m'ait paru au prime abord comme une colonne blanche, car assise légèrement penchée en avant, le col de son kimono profondément ouvert sur sa nuque, elle laissait voir une couche de blanc plâtreux sur sa peau qui réfléchissait la lumière d'un blanc incandescent. Pour vous donner une idée de ma proximité, le parfum suave et sucré qui émanait de ses vêtements enchantait mes narines. Je me fis même la réflexion que j'aurais pu compter ses cheveux un par un. Son chignon à la *shimada* était si lustré, les ailes de ses tempes nettes et gonflées comme la poitrine d'un oiseau, qu'on aurait pu croire qu'elle venait de se coiffer. Son chignon de derrière était si vif et engageant qu'il donnait presque envie de tendre la main pour le caresser, et sa courbe parfaite, sans un seul cheveu fou, d'un noir lumineux, pouvait faire croire à une perruque. Certes, je regrettais de ne pouvoir contempler son visage, mais tout chez elle, que ce soit la courbe gracieuse des épaules, cette nuque fine émergeant du col du kimono comme une poupée-tête sur son long bâton, les muscles délicats qui semblaient prendre naissance derrière les lobes d'oreilles, comme cousus, rapportés sur la nuque jusqu'à leur dissolution dans la chair du dos, ou tout simplement l'allure générale de sa silhouette, oui, tout en elle rendait impossible de se la figurer autrement que comme une femme faite, prête à toutes les coquetteries. La présence d'une telle beauté en ce lieu incongru justifiait amplement à elle seule d'épier à travers un nœud creux dans un volet.

Ici, je dois en dire un peu plus sur l'impression poignante que provoqua en moi la vision de cette femme, ainsi que sur la scène qui m'apparut dans les toutes premières minutes. Car il est indéniable que l'épiphanie statique d'une telle femme en un tel lieu était pour le moins étrange, nonobstant le fait que ce que Sonomura avait imaginé était bel et bien erroné. La coiffure de style *tsubushi-shimada* très sophistiquée qu'elle portait laissait penser que ce n'était pas là une femme ordinaire mais plus vraisemblablement une geisha, ou à tout le moins une professionnelle très proche de ce statut. Au style de ses ornements de coiffe et de ses vêtements, luxueux, voire tapageurs, conformes à la dernière mode chez les femmes du *monde des fleurs et des saules*, on pouvait même affirmer qu'il ne s'agissait pas d'une geisha de bas étage, mais de première classe au contraire, des quartiers de Shinbashi ou d'Akasaka très vraisemblablement. Néanmoins, elle restait là, immobile. Que faisait-elle ? Je n'en avais pas la moindre idée. Je viens de parler d'*épiphanie statique*, le fait est qu'elle ne bougeait pas plus que si elle faisait partie d'un tableau vivant, *statique* est bien le mot. Exactement comme si elle s'était figée à l'instant même où j'avais plaqué mon œil sur le nœud évidé du volet, nuque tendue en avant, dans l'immobilité d'un fossile… Peut-être avait-elle entendu un bruit derrière elle et retenait-elle sa respiration, l'oreille aux aguets ? L'idée me traversa l'esprit, je m'écartai rapidement du nœud creux et me tournai vers Sonomura. Mais lui, toujours aussi emporté, ne se retira pas.

A cet instant précis, alors que tout avait paru immobile dans la maison jusque-là, quelqu'un, quelque part, fit un mouvement. Ce fut comme le faible grincement d'une solive porteuse, sous les tatamis. Bien que je fisse peu de cas du délire de Sonomura, je me laissai néanmoins gagner par la curiosité, et peut-être pour identifier le bruit, dodelinant de la tête, je rapprochai de nouveau mon œil du nœud évidé du volet.

En un instant – cela avait duré une ou deux secondes, tout au plus – la femme avait changé de position. Sans doute le bruit émanait-il d'elle. Celle qui me bouchait la vue devant le nœud évidé s'était déplacée d'environ un tatami et occupait maintenant le centre de la pièce. De telle sorte que mon champ de vision était à présent beaucoup plus large, jusqu'à me permettre de découvrir la quasi-totalité de l'espace. Exactement à l'autre bout de la pièce par rapport à l'endroit où j'étais accroupi, en face de moi donc, se dressait un mur jaune sale, recouvert sur sa partie basse d'un papier mural de protection en lambeaux, comme il est de rigueur dans ces logis populaires, en lambeaux. Un écran en bambou à gauche et, à droite, au-delà d'un store, la galerie extérieure, fermée par un volet. Une chose blanche, qui se laissait à peine deviner tout à l'heure, cachée derrière sa tête, s'avérait à présent être un homme en kimono d'été et tortil de coton. Il se tenait plaqué contre le mur à la gauche de la femme, face à moi. Il pouvait être âgé de dix-huit ou dix-neuf ans, vingt ans tout au plus. Les cheveux en brosse, le teint très mat, de grande taille, des allures de l'acteur Kikugorô, celui d'avant, à l'époque de sa jeunesse. Et si je le compare au précédent Kikugorô, c'est parce que sous les traits énergiques et émaciés du gandin d'Edo typique, il présentait le pathos vulgaire et apache, les longs cils langoureux et la bouche vaguement prognathe du Rat[1] ou de Shinza le coiffeur[2].

La face de l'homme ne montrait ni joie ni colère, mais une expression de grand calme, si ce n'est une légère appréhension énigmatique. Plus énigmatique encore était l'espèce d'objet fagoté comme un épouvantail noir debout dans le coin à gauche, à deux ou trois coudées du jeune. Je dus

1. Nezumi Kozô, surnom d'un voleur et héros populaire du début du XIXe siècle. Ses aventures très enjolivées furent adaptées au théâtre kabuki, dans des chansons populaires, et plus récemment des jeux vidéo.

2. Kamiyui Shinza, nom populaire et personnage principal de la pièce de kabuki *Tsuyu kosode mukashi Hachijô*, de Kawatake Mokuami, créée à Tokyo en 1873, qui fit la gloire de l'acteur Onoue Kikugorô, cinquième du nom (1844-1903).

me contorsionner et rouler des yeux dans tous les sens pour observer l'objet en détail.

En regardant plus attentivement, je compris que l'épouvantail avait la tête couverte d'un tissu de velours noir, qu'il tenait sur un trépied et ressemblait fort à un appareil photographique. L'éclairage très puissant pour une aussi petite pièce et la station immobile prolongée de la femme tout à l'heure pouvaient s'expliquer par le fait que le jeune homme était en train de lui tirer le portrait. D'un autre côté, quelle nécessité y avait-il à une prise de vues à cette heure avancée de la nuit, dans une maison aussi sordide ? Cela ne cachait-il pas quelque chose ?

Naturellement, je conjecturai que l'homme devait être un de ces abjects fabricants d'articles qui s'écoulent sous le manteau. Dans ce cas, la femme devait être son modèle et ils étaient en plein travail. Cela avait surtout le mérite d'apporter une première explication à ce qui se déroulait en ces lieux.

Peuh ! Et c'est pour voir ça que tu m'as entraîné ici de force ? Nous voilà propres ! Tu as compris, maintenant ? avais-je envie de demander avec une bourrade à Sonomura. Ah, il se pose là, ton meurtre !

Or, maintenant que nous avions devant nous l'explication du mystère, et bien que les errances de Sonomura apparussent cette fois en pleine lumière, ma curiosité se trouvait au contraire encore plus allumée, mais dans une tout autre direction. Ah, depuis hier après-midi, tu m'as fait jouer le faire-valoir du grand détective et tu m'as baladé dans tout Tokyo ? Eh bien, je trouvais la chute assez amusante, en définitive. Sauf qu'en l'occurrence, il n'y avait rien de drôle. Car, même s'il n'y avait pas eu meurtre, nous étions bien en train d'assister à un petit crime, néanmoins. Et me retrouver dans les ténèbres à espionner par un trou de porte dans l'attente que le spectacle commence, m'avait fait ressentir pleinement l'effroi, l'impatience et l'angoisse de la mise à mort d'un homme. Ce n'était pas par simple hygiène de bonnes mœurs que j'essayais de détourner mes regards, mais à cause des frissons qui me parcouraient tout le corps.

L'appareil photographique restait là en attente, seul et désolé, et l'homme ne semblait pas prêt à poser la main dessus. Il était appuyé contre le mur, le regard fixé sur la femme d'un air complice. Mais de tout le temps que je l'observai, il ne fit aucun mouvement. Il restait là, debout, l'œil retors renvoyant la lumière, comme les yeux de verre des « poupées vivantes[1] ». La femme était toujours de dos, mais avait quitté sa position stricte et droite sur les genoux pour se tenir nonchalamment assise en oblique sur le tatami, ce qui me permettait de voir le bas de son corps. Au bout de son pied droit, un *tabi* blanc immaculé à moitié apparent dépassait avec abandon, mal recouvert d'un pan du surtout. Tout à l'heure déjà, le haut de son corps m'avait troublé, et maintenant que je voyais le reste, je ne pouvais lutter contre l'érotisme de sa pose. Quelle sensualité, quelle fluidité dans l'attitude ! Dans la souplesse de son immobilité parfaite, alors même que pas un tremblement n'agitait son léger vêtement, toutes les courbes de son corps exprimaient, avec quelle aisance, la sensualité et la flexibilité d'un serpent qui ondule, d'une vague qui rampe. Plus je l'observais, les yeux écarquillés, et plus je sentais ma poitrine entrer en résonance sous l'effet d'une suave harmonie, et déborder d'extase.

Avec quelle fougue, avec quelle force mon attention avait été accaparée par la lascivité de cette femme, il n'est besoin pour en rendre compte que d'avouer que je n'avais même pas

1. *Iki ningyô*. Mannequins ou bustes hyperréalistes en bois pigmenté, qui furent une attraction foraine très courue à partir du milieu du XIXe siècle.

remarqué une grande bassine en métal dans la partie droite de la pièce. Et pourtant, la présence d'une bassine en métal de cette taille était plus étonnante encore que celle de l'appareil photographique. Je n'aurais certes pas manqué de la remarquer si la femme n'avait pas été là. Et si j'appelle cela une bassine en métal, il s'agissait plutôt d'un récipient émaillé, de contenance équivalente à celle d'une baignoire occidentale, de forme oblongue, posé directement de toute sa masse sur les tatamis devant le store, côté galerie extérieure.

A quoi pouvait bien leur servir ce récipient ? Dans un endroit pareil, ce n'était évidemment pas pour le délassement d'un bon bain chaud... Un appareil photographique d'un côté, une bassine en métal de l'autre. Une femme assise entre les deux. Que signifiait tout cela ? Poser la question me faisait bien entrevoir un usage possible à cette bassine. Ou pour serrer un peu plus précisément le sujet, il devait s'agir pour eux de photographier une scène du type « Beauté au bain ». Certes, la femme était encore habillée, ce qui ne laissait pas de surprendre, mais sans doute allait-elle bientôt commencer à se préparer. Et s'ils ne prononçaient pas un mot depuis tout à l'heure, c'était vraisemblablement parce que l'homme réfléchissait à l'emplacement idoine pour son trépied. Mais oui, cela ne faisait aucun doute. Sinon, comment expliquer la scène ?

J'étais donc sur le point de me convaincre sans les quitter des yeux. Cependant, ils ne semblaient toujours pas engager les moindres préparatifs. La femme restait dans la même position, les yeux baissés. Et l'homme, debout comme un piquet, le regard fixé sur elle. Dans le silence nocturne, lourd comme une eau au repos, les prunelles de l'homme semblaient la seule chose vivante. Ces prunelles dévoraient la zone autour de la poitrine et des genoux de la femme et rien d'autre. Des mouvements d'yeux pour le moins étranges, s'il était en train de réfléchir à l'endroit où positionner son appareil. Pour en avoir le cœur net, je revérifiai le point exact sur lequel le regard de l'homme déversait son poison brûlant.

Mais j'eus beau vérifier, j'eus beau conjecturer, ce regard ne cessait de divaguer entre la poitrine et les genoux de la femme. Ce n'est pas tout. Alanguie sur le tatami, la femme avait conscience de ce regard sur son corps. Cela du moins expliquait l'apparition d'une certaine tension au niveau des coudes, et de ses mains qu'elle avait déplacées sur ses genoux comme pour effectuer un travail de couture, car elle tripotait quelque chose entre ses doigts. En effet, je remarquais maintenant quelque chose sur ses genoux, quelque chose de noir qui avait commencé à prendre de l'importance et semblait s'étendre devant elle, dans son ombre, une chose qui débordait maintenant jusque sur le tatami…

Mais… n'était-ce pas un homme, là, la tête posée sur les genoux de la femme ?

A peine m'étais-je fait cette réflexion… Soudain, avec la vibration tellurique qui accompagne l'action de traîner un corps excessivement massif, la femme se retourna face à l'appareil photographique. Sur ses genoux était posée la tête d'un homme, couché sur le dos, et mort.

Comment décrire la fulgurante alerte que je ressentis à cette vision ? Jamais je n'avais fait une telle expérience. Comme une suffocation, comme la conscience qui devient progressivement floue quand le sang quitte le corps, au-delà de l'effroi, quelque chose proche de l'extase au contraire, un indistinct engourdissement. Et je savais que ce n'était plus qu'un cadavre, pour la raison que non seulement il avait les yeux ouverts, mais le faux col du seyant smoking à queue-de-pie dont il était vêtu avait été violemment arraché et un tissu de crêpe de soie rouge vif comme un sous-obi de femme était serré autour de son cou. Les tortures de l'agonie étaient restées figées sur son visage, et ses deux mains, agrippant l'air comme si elles avaient voulu rattraper son âme en train de s'échapper, s'étaient refermées sur les broderies de fleurs de glycine céladon du col de kimono de la femme. Celle-ci, une main glissée sous l'aisselle du cadavre lourd comme un thon, avait dû ployer tout son corps pour le faire changer de position, et d'ailleurs, seul le buste avait suivi. Le ventre rebondi comme une colline sous le gilet blanc ainsi que les jambes inertes sur les tatamis n'avaient pas bougé et formaient maintenant un angle avec le haut du corps. Les bras menus de la femme n'avaient à l'évidence pas eu la force de déplacer la bedaine. C'est du moins l'explication qui me vint à l'esprit en voyant la corpulence de l'homme, de petite taille mais assez enrobé. Je ne distinguais pas précisément son visage, mais pour autant que je pusse m'en faire une idée, dans la mesure où il était couché, il avait le nez court, le front proéminent, le teint rougeâtre comme sous le coup d'un excès d'alcool, les traits disgracieux, une petite trentaine d'années.

Cette fois, impossible de ne pas admettre que les prédictions de Sonomura, que j'avais cru fou jusqu'à l'instant d'avant, s'avéraient parfaitement exactes. Dans un frisson, je reconnus dans le visage de l'homme qui venait d'être assassiné, dans ses cheveux en contact avec l'obi à motif d'écailles de la femme, une raie centrale parfaitement marquée et fixée à la brillantine.

Le cadavre de l'homme n'était pas la seule chose que mon regard découvrait à présent. Cette fois, les joues bien en chair de la femme, le profil sculptural de sa tête penchée sur l'expression du mort sur ses genoux s'inscrivaient parfaitement dans mon champ visuel. Sa silhouette apparaissait en pleine gloire, sa peau magnifique renvoyant avec une sorte d'exultation la lumière qui embrasait le plafond comme un plein midi, sans la moindre parcelle d'ombre, au point que j'aurais pu compter un par un chacun de ses cils, rangés comme des dents de peigne. Et puis, ce raffinement des paupières baissées que gonflait le globe des yeux mi-clos et leur prolongement dans la superbe courbe expressive du nez, la préciosité des lèvres écarlates, comme guillochées, prises entre les deux joues adorablement rebondies et contrastant avec elles, la lèvre du bas en particulier, comme projetée en avant et tombante, et la douceur de la mâchoire ronde qui se continuant jusqu'au cou en assurant la tenue de tout le visage.

Mon cœur à chacun de ces détails marquait un temps comme pour s'en repaître.

Certes, l'extrême incongruité de la pièce et de tout ce qui l'entourait participait indubitablement à la déchirante beauté de cette femme. Il n'empêche. Même en faisant la part des circonstances, elle était clairement d'une beauté bien au-dessus du vulgaire. Je fais moi-même partie de ceux qui sont quelque peu fatigués de la beauté japonaise pur style, geishaesque, eh bien, sans qu'on puisse rapporter son profil au type de beauté à l'ovale longiligne et au menton effilé dit *graine de pastèque*, tant vanté dans les petits livres illustrés du temps jadis, de la perfection absolue de ses traits se dégageaient au contraire, au sein même du rebondi de la prime jeunesse, de la souplesse tendue de la goutte d'eau, une froideur glaciale, une rigueur, dans lesquelles entraient mystérieusement afféterie et arrogance.

S'il faut à toute force dégager les défauts de ses traits, disons que le petit mont Fuji à l'envers que dessinait la ligne frontale de ses cheveux, un peu chiche, brisait l'harmonie de l'ensemble et lui donnait un soupçon de vulgarité, et que l'étroitesse de l'intervalle envahi par ses sourcils épais, presque trop épais, faisait planer un nuage de méchanceté, de tendance à l'emportement ; et puis il y avait cette vilaine fronce au coin de ses lèvres un peu serrées, comme pour retenir de force ses minauderies et les empêcher de se répandre, comme si elles retenaient un renvoi désagréable après avoir avalé un médicament trop astringent, qui montrait une âme pleine de plis mauvais et sinistres... Mais, si l'on peut dire, ces défauts s'accordaient au tragique du lieu, renforçaient même sa beauté et ne déparaient en rien l'expression de son charme ensorcelant.

Ce qui est certain, c'est que l'homme venait juste d'être assassiné lorsque nous avions commencé à regarder à l'intérieur de la pièce. Peut-être même n'avait-il pas rendu le dernier souffle au moment où j'avais collé mon œil au volet. Et ce long moment immobile, ce silence prolongé entre l'homme coiffé en brosse et la femme n'étaient que les signes de l'hébétude qui avait suivi leur crime...

— Alors, mademoiselle, c'est-y bon maintenant ? demanda l'homme coiffé en brosse à voix basse, après un battement de paupières, comme s'il revenait soudain à lui.

— C'est bon, vas-y... Prends-la, répondit la femme avec un sourire glacial comme l'éclat d'une lame de rasoir.

Et elle, qui avait gardé les yeux baissés jusque-là, leva soudain, grandes ouvertes, deux pupilles d'obsidienne étrangement calmes, comme une source silencieuse, dont je découvris pour la première fois la lumière et l'insondable profondeur.

— Alors pourriez-vous vous reculer un peu plus, s'il vous plaît ?... demanda l'homme.

Tous deux se mirent rapidement en mouvement. La femme tira le cadavre et le fit glisser vers elle, recula jusqu'à la bassine en métal où elle reprit sa position de face. L'homme se plaça à côté de l'appareil et entreprit de faire la mise au point. Les sourcils déjà téméraires de la femme le devinrent encore plus tandis qu'elle retenait à bras-le-corps le cadavre ventru qui avait tendance à glisser de ses genoux. Le haut du cadavre était maintenant surélevé par rapport à précédemment et le sommet de son crâne frôlait l'arête de la mâchoire de la femme. Ses yeux inertes regardaient toujours au plafond, cependant. J'en déduisis que l'homme s'apprêtait à prendre la photographie, non pas de la belle au chignon à la *shimada*, mais, curieusement, de l'homme qui venait de se faire étrangler.

— Dites, si ce n'est pas trop vous demander, vous pourriez le soulever un peu plus ? Il est tellement gros, son bide cache tout le haut.

— Il est trop lourd, je ne peux pas. Quel ventre ! C'est qu'il faisait ses vingt *kanme*[1], le bonhomme !

Pendant qu'ils poursuivaient cette conversation le plus naturellement du monde, l'homme logea une plaque sensible dans l'appareil et retira le capuchon de l'objectif.

Il fallut attendre un certain temps que la photographie soit impressionnée, puis le capuchon repositionné sur l'objectif. Dans l'intervalle, les bras du cadavre étaient retombés et sa tête s'était avachie du côté gauche. Les bras et les jambes du poupon pleurnicheur qui faisait un gros câlin dans les bras de sa maman manquaient de tenue. Et bien entendu, le sous-obi de crêpe autour de son cou s'était quelque peu détendu, lui aussi.

— C'est bon. C'est dans la boîte.

Dès que l'homme eut prononcé ces mots, la femme poussa un gros soupir et fit basculer le cadavre sur le côté. Puis elle sortit un petit miroir de son obi, comme si, en ces circonstances, sa plus grande crainte était de paraître décoiffée. Elle leva une main d'ivoire aux doigts de laquelle scintillaient bagues de perles et de diamants, et de deux ou trois caresses lissa son *shimada*.

1. Environ soixante-quinze kilos.

L'homme disparut par la porte de service derrière le store en bambou. Il dut ouvrir un robinet, car on entendit le bruit d'un seau qui se remplissait. Un moment plus tard, mes narines furent agressées par une odeur très désagréable, comme une odeur de pharmacie. Sur le coup, je me dis que l'homme était en train de développer sa photographie, mais l'odeur était vraiment dérangeante, et violente au point que des larmes me vinrent aux yeux, comme en présence de vapeurs de soufre.

Il réapparut de derrière le store, portant un tube de laboratoire en verre dans chaque main.

— J'ai préparé le mélange, qu'est-ce que vous en pensez ? Pour la couleur, ça devrait aller comme ça, n'est-ce pas ?

Il vint se placer sous la lumière électrique où il agita les éprouvettes et fit jouer les liquides par transparence.

Je suis ignare en chimie, malheureusement. Je n'avais aucune idée du genre de produit que pouvaient contenir ces deux éprouvettes, mais à n'en pas douter, l'odeur provenait bien de là. Le liquide que l'homme tenait dans sa main droite était traversé de veines d'un violet vif. Celui dans sa main gauche était d'un vert menthe transparent. Sous la puissante lumière, tous deux brillaient d'un éclat cristallin de toute beauté.

— Quelle belle couleur ! On dirait de l'améthyste et de l'émeraude… Si ça donne ces couleurs, ce sera parfait ! s'écria la femme avec un grand sourire.

Un sourire qui n'avait plus rien de l'horrible rictus de tout à l'heure. C'était un sourire clair, bouche ouverte, pas un rire sonore, tout de même pas, mais un beau et vrai sourire. Sa canine supérieure droite portait une couronne en or. A gauche, une dent lui sortait en oblique, ce qui lui faisait une coquetterie supplémentaire chaque fois qu'elle souriait à pleines dents.

— C'est de toute beauté, vraiment. On ne dirait pas que c'est aussi dangereux, fit l'homme en levant les tubes encore plus haut, comme subjugué.

— Dangereux, donc beau, en fait. Ne dit-on pas que le diable est beau comme un dieu ?

— Enfin… avec ça, on est tranquille. Ça dissout tout, il n'en restera rien. Ça efface toutes les preuves… déclara l'homme comme s'il parlait tout seul.

En même temps, il se dirigea vers la bassine en métal, dans laquelle il versa goutte à goutte le contenu de ses tubes à essai, à la suite de quoi il repartit vers la porte de service d'où il transporta cinq ou six seaux d'eau dont il emplit la bassine.

Que firent-ils ensuite ? Que mirent-ils à dissoudre dans ce mélange ? Et que contenaient ces produits beaux comme des pierres précieuses qui dégageaient cette odeur atroce ? De tels produits existent-ils réellement ?

Quand j'y repense aujourd'hui, je me demande si tout cela ne fut pas un rêve.

Plus tard...

— Laissons-le comme cela, le corps sera complètement dissous d'ici demain matin, dit l'homme.

— C'est qu'il est tellement gros, ça ne sera pas aussi rapide que l'autre fois pour M. Matsumura. Il lui faudra un peu plus de temps pour disparaître complètement ! répondit la femme sans se départir de son calme, après qu'ils l'eurent pris chacun à un bout et l'eurent plongé – sans même lui ôter sa queue-de-pie – dans la bassine pleine de produit.

Avant de faire dissoudre le corps, la femme avait vigoureusement remonté ses manches avec un cordon croisé dans son dos, exposant ses bras blancs. Cordon qu'elle n'avait pas ôté tout de suite, même une fois le corps immergé. Les mains posées sur le bord de la bassine, elle resta les yeux fixés sur la surface du liquide, comme Salomé regardant dans le puits la tête de Iokanaan[1]. A son bras gauche, à sept ou huit *sun*[2] au-dessus du poignet, un bracelet en or représentant un serpent aux yeux de rubis formait une double volute, comme enroulé autour d'un pilier de marbre.

Malheureusement, je ne pus voir précisément comment le corps de celui qu'ils avaient assassiné se dissolvait. Je l'ai déjà dit, la bassine avait la forme d'une baignoire occidentale aux hautes parois, et seule la partie du cadavre qui dépassait au-dessus de la surface, à savoir son gros ventre, environnée de chapelets de fines bulles comme une eau qui bout, était visible.

— Allons, le produit d'aujourd'hui est sacrément efficace. Regardez-moi comment ça fait fondre son gros bidon ! Parti comme c'est, ça ne devrait même pas prendre jusqu'au matin ! déclara l'homme.

Cela m'incita à regarder mieux et, quelle surprise, d'instant en instant, le ventre se réduisait, diminuait comme un ballon de papier de

1. Personnages de la pièce *Salomé* d'Oscar Wilde.
2. Environ quinze centimètres.

soie qui se dégonfle, jusqu'au moment où le bord du gilet blanc sombra au fond de l'eau.

— Tout s'est bien passé. Nous verrons le reste demain, pour l'instant, je vais me coucher.

La femme, exténuée, s'assit sur ses genoux comme une masse. Puis elle sortit une pipe à tabac à embout de métal et une allumette.

L'homme aux cheveux en brosse, comme l'avait demandé la femme, sortit du placard aménagé du côté de la galerie extérieure une literie d'un luxe absolu, qu'il étendit au centre de la pièce. Elle était composée d'un double futon très épais, celui du dessous recouvert d'un velours noir sensuel comme la fourrure d'un chat, celui du dessus, de satin damassé d'un blanc pur. La couette à manches, en lin, légère et fraîche au toucher, était décorée de motifs de roses orientales rose pâle. Une fois la literie de la femme disposée, l'homme se retira vers l'entrée de la seconde pièce, où il devait avoir sa propre couche.

La femme passa un double kimono de nuit en duvet blanc. Ses pieds s'enfonçaient comme dans une mare en montant sur le futon. Dressée telle la dame des neiges, elle leva la main et tourna l'interrupteur de la lumière.

Si elle n'avait pas éteint... nous aurions vraisemblablement oublié le péril de notre position et passé la nuit jusqu'à l'aurore à regarder ce spectacle, chacun l'œil collé à notre nœud creux.

La chambre soudain plongée dans le noir complet, je pris enfin conscience du fait que j'étais confiné depuis une heure dans un passage exigu. Ou plutôt non, soyons honnête, même dans le noir, nous restâmes un moment accroupis devant la fenêtre, à moitié hagards, comme si nous attendions encore quelque chose.

Ma première pensée, comme m'éveillant d'un rêve, fut de m'inquiéter du moyen de quitter ce réduit sans qu'ils entendent nos pas. Si par malheur une de nos chaussures venait à buter contre quelque chose, coincés comme nous l'étions dans cet endroit déjà trop étroit pour un seul, il était totalement illusoire de croire que le bruit pourrait leur échapper. Tout à l'heure, le moindre mot de leur conversation à voix basse nous parvenait avec une clarté parfaite, nous n'étions séparés d'eux que par une distance infime. Quel serait notre sort s'ils s'apercevaient que leur crime avait eu des témoins ? Les événements de cette nuit nous avaient donné une bonne idée de leur degré d'audace, de méthode et d'opiniâtreté. Quand bien même nous parviendrions à sortir d'ici sans encombre, s'ils nous repéraient, notre vie pouvait à tout instant se trouver menacée. Impossible de savoir quand nous serions amenés à partager le destin de l'homme en queue-de-pie, nos cadavres dissous au fond de la bassine... A tout le moins, nous allions devoir nous tenir prêts, de jour comme de nuit, à combattre pour le restant de notre vie. Et cette pensée suffisait à nous empêcher de faire un geste pour partir.

Pour ma part, je me sentais échoué à la frontière de la mort. Le plus sûr est encore de rester sans bouger vingt ou trente minutes, le temps qu'ils s'endorment, puis de partir le plus discrètement possible, me dis-je instantanément. Sonomura était enfoncé encore plus profondément que moi dans cet espace et, évidemment, il lui était impossible d'en sortir si je ne bougeais pas d'abord. Mais sans doute avait-il eu la même idée, car il m'attrapa soudain fermement le bras droit, comme pour me dire d'éviter tout mouvement brusque, et se figea sur place sans respirer.

Compte tenu de tout ce qui s'était passé, je dois dire que nous avions gardé, Sonomura aussi bien que moi, une sacrée maîtrise de nous-mêmes pour soutenir toute la scène sans proférer un seul cri. Il n'y a pas à dire, malgré la peur qui m'avait tenu bouche bée, ces deux jambes-là soutenaient encore solidement mon corps. Si l'effroi m'avait poussé à un geste impulsif au moment inopportun, si les tremblements de ma poitrine, de mon cœur, de mes rotules avaient été un peu plus forts, aurais-je pu garder ce silence absolu à entendre une aiguille tomber ? Aujourd'hui encore, je me dis que même un poltron comme moi est capable de montrer du courage lorsque sa vie est en jeu.

Par bonheur, nous n'eûmes pas à attendre aussi longtemps. En effet, moins de dix minutes après l'extinction de la lumière, la forte respiration de la femme dormant d'un sommeil féroce et les ronflements de l'homme aux cheveux en brosse – décidément, ils ne manquaient pas d'air, ces deux-là – envahirent la chambre. Ce fut pour nous le signal que nous pouvions recommencer à respirer, et nous ressortîmes de notre interstice sur la pointe des pieds.

Une fois dans la rue, Sonomura me dit, avec un coup sur l'épaule :

— Attends un peu. Je ne t'ai pas montré la marque de l'écaille, il me semble… Tiens, regarde, là-bas. Vois-tu ce triangle blanc ?

Il m'indiqua du doigt l'espace sous l'auvent de la fameuse maison. Et effectivement, tout près de la plaque indiquant le nom, tracé d'une encre pâle, un blason de triangles alternés, motif que notre héraldique appelle précisément « écaille », était indiscutablement visible, même à la lueur de la nuit.

Plus j'y pensais, et plus tout me semblait mystère, tout me paraissait illusion. Et un mystère particulièrement étrange, une illusion particulièrement aveuglante. J'avais vu tout cela de mes yeux, je ne pouvais le nier, et pourtant, je n'arrivais pas à me débarrasser de l'impression que j'étais la dupe de quelque chose.

— Si nous étions arrivés deux ou trois minutes plus tôt, nous aurions pu voir l'homme se faire étrangler. Nous avons raté quelque chose... dit Sonomura.

Nous avons de nouveau remonté l'entrelacs des ruelles, puis, une fois sur l'avenue de Ningyôchô, nous avons marché en direction d'Edobashi. Je sentais mes joues se refroidir au mauvais vent humide. Il n'y avait plus une étoile au ciel, pourtant à moitié clair tout à l'heure et maintenant couvert de nuages épais comme de la bourre de vieux futon, prêts à crever d'un instant à l'autre.

— Sonomura... tu ne devrais pas parler de cette histoire dans la rue, tu sais, même à voix basse, ce n'est pas très prudent. D'ailleurs, où allons-nous, là ? Chez toi ou chez moi ? Si on nous voit traîner dans les rues en plein milieu de la nuit, on pourrait nous soupçonner d'être impliqués dans cette affaire, ce serait embêtant, tout de même… dis-je avec une moue, comme si je lui faisais une remontrance, alors que j'étais en réalité bien plus excité que lui, bien plus hors de mon état normal, il me semble.

— Impliqués ? Alors là, ça ne risque pas ! Tu te surmènes trop, dis donc. Parce que tu crois que le crime auquel nous venons d'assister sera dans le journal demain matin ? Que le public en aura connaissance ? Mais mon pauvre vieux, ce genre de personnages, vu les moyens qu'ils sont prêts à employer, ne laissent évidemment aucun indice et ne passeront jamais au tribunal ! Quant au type qui s'est fait assassiner, il sera porté disparu, on le recherchera un certain temps, puis on l'oubliera et voilà tout. C'est ce que je pense, en tout cas. Alors, tu imagines bien, nous pourrions être leurs complices que notre culpabilité resterait ignorée de la société jusqu'à la fin des temps. Ce qui m'inquiétait, ce n'était pas que la société nous fasse les gros yeux, c'était qu'ils nous voient, eux ! S'ils nous avaient vus, c'en était fini de nous, pas question qu'ils nous laissent en vie, c'est plutôt ça. Mais bon, puisque nous avons réussi à sortir de leur champ de vision, nous sommes en sécurité. Aucune inquiétude à avoir. En ce qui me concerne, maintenant que notre existence a quitté la zone de danger, j'ai des choses à faire, plein de choses à voir…

— Quelles choses ? C'est fini pour ce soir, non ?

Je ne comprenais pas ce qu'il voulait dire. Aussi le dévisageai-je d'un air suspicieux, alors que lui souriait en coin.

— Certainement pas. Nous n'en avons pas fini ! C'est maintenant que les choses vont devenir vraiment intéressantes. Je vais profiter du fait qu'ils ne nous ont pas remarqués pour les approcher en toute candeur. Et ma foi, tu verras ce que tu verras…

— Arrête ces jeux dangereux tout de suite ! Tu voulais me démontrer tes talents de détective, tu m'as amplement convaincu, inutile d'en faire plus.

Son goût du risque et sa témérité avaient cessé de me surprendre et commençaient plutôt à m'énerver.

— J'en ai terminé avec mon travail de détective, à partir de maintenant, place à autre chose… Allons, nous parlerons de tout ça dans le taxi. De toute façon, il est tard, cette nuit, tu n'as qu'à dormir chez moi, dit-il, tout en hélant le premier taxi qui arrivait à toute allure de Uogashi.

La voiture nous prit à son bord, passa devant la poste centrale, arriva à l'entrée du pont de Nihonbashi et fila tout droit sur la grande avenue dans le silence de la nuit, directement sur les rails du tramway.

— Alors, si nous reprenions notre conversation de tout à l'heure ? dit Sonomura en se tournant vers moi.

A compter de cet instant, Sonomura s'échauffa graduellement. Ses yeux brillaient d'une lumière qui n'était pas ordinaire, assurément. En fin de compte, je ne pouvais que déceler dans son attitude, sinon une folie complète, du moins un certain degré de dérangement psychique. J'avais remarqué que son cerveau oscillait entre des périodes d'intense activité et de soudaines bouffées de naïveté enfantine, et cette oscillation relevait manifestement du pathologique. Or, c'était précisément à son état pathologique qu'il devait d'avoir réussi à deviner les détails de l'affaire de cette nuit, cela ne faisait aucun doute.

— Mon plan pour la suite, ce que j'ai l'intention de faire, tu le devineras facilement au fur et à mesure, mais avant cela, dis-moi, quel sentiment la vision de ce crime t'a-t-elle inspiré, ce soir ? Un sentiment d'horreur, certes, mais encore ? De l'horreur et c'est tout ? N'as-tu pas éprouvé quelque autre sentiment que l'horreur, par exemple, devant les manières et les attitudes de cette femme, aucun sentiment étrange ne s'est-il éveillé en toi ?

Cette fois, Sonomura me soumettait à un feu roulant de question.

Mais je me sentais bien lourd pour répondre à cette salve. Quand je repensais à la scène qui s'était incrustée au fond de mon crâne – et que je n'oublierais pas de toute ma vie, pour sûr –, j'avais vraiment l'impression d'être possédé, et ma seule réaction fut de rendre à mon ami un vague regard.

— Avoue-le, avant de voir l'intérieur de cette pièce par l'œilleton, tu doutais de la réalité de ce que je t'avais annoncé. Tu ne croyais pas que tu assisterais vraiment au meurtre d'un homme, n'est-ce pas ? poursuivit Sonomura sans se soucier de mon silence. Depuis hier, tu ne m'as suivi que pour prendre soin de ce pauvre fou. Par-devers toi, tu me trouvais franchement pénible, je les ai bien vus, tes airs agacés. Comme si je ne le savais pas qu'au fond, tu me prenais pour un fou. Pardon, que tu me prends pour un fou en ce moment même ! Avec raison, d'ailleurs, sauf que tu auras tout de même du mal, maintenant, à nier la réalité de ce que tu as vu par le trou dans le volet, n'est-ce pas ? C'est ce qui fait que tu as éprouvé encore plus de surprise et d'effroi que moi, car tu n'y étais pas préparé. Je crois que j'ai regardé la scène avec un peu plus de sang-froid que toi. A l'instant où le cadavre sur les genoux de la femme est entré dans notre champ visuel, ma surprise n'était certes pas moindre que la tienne, mais elle relevait d'une tout autre cause…

Je suis sûr que, tant que la femme était de dos, tu ne t'es même pas rendu compte que quelque chose se trouvait sur ses genoux. Par conséquent, tu te demandais ce que cette femme et l'homme aux cheveux en brosse se préparaient à faire. En ce qui me concerne, j'ai su bien plus tôt que toi qu'un corps était caché dans l'ombre de la femme. Tu te souviens sans doute qu'au début, elle était si proche qu'elle bouchait presque entièrement les trous par lesquels nous regardions. De mon trou à moi, qui se trouvait plus bas que le tien, pendant un certain temps, je n'ai vu rien d'autre que son dos, un bout de son épaule droite, un morceau du mur en face et le côté de la bassine en métal, c'est tout. Jusqu'à ce qu'elle se traîne un peu vers l'avant. A ce moment-là, toi, tu as reculé, il me semble. Elle a avancé d'environ un tatami. Mais comme elle était toujours de dos par rapport à nous, parce qu'elle s'était déplacée droit devant elle, nous ne pouvions pas voir ce qui reposait sur ses genoux. Simplement, nous avions cette fois la vue sur son dos en entier. Ce n'est qu'à partir du moment où elle s'est légèrement tournée sur le côté, qu'elle a posé ses mains sur ses genoux comme pour faire un travail d'aiguille... C'est bien ça, n'est-ce pas ?... Or, moi, au premier coup d'œil dans cette position, j'ai immédiatement compris que c'était la tête de celui qu'elle venait d'étrangler qui se trouvait là entre ses genoux. Cela ne semblait rien, elle avait l'air assise sur le tatami de la façon la plus inoffensive du monde, mais à son dos, on devinait que l'objet posé sur ses genoux n'était pas banal. Je ne sais pas si tu l'as remarqué mais sa colonne vertébrale et ses hanches étaient en tension, sa nuque contractée vers l'avant, dans une position peu naturelle. Avec son allure si déliée et ondoyante, dans ce kimono de soie souple, il fallait vraiment être attentif pour remarquer ce qu'il y avait de légèrement contraint dans sa contenance. Quoi qu'il en soit, l'objet posé sur ses genoux était manifestement lourd et sa posture indiquait que tout son corps était mobilisé pour en supporter le poids. Toute sa force semblait concentrée dans ses épaules, droite et gauche, jusqu'aux coudes, elle y mettait toutes ses forces, comme le montrait un léger tremblement, à peine perceptible, mais que j'avais immédiatement remarqué. Ce frisson se transmettait aux pans de son kimono qui en était lui-même agité. J'en déduisis qu'elle s'était approchée du corps qui venait de s'effondrer, mort, et en avait soulevé la tête pour la poser sur ses genoux, dans le but de vérifier s'il avait réellement cessé de respirer, et d'en profiter pour donner un dernier petit coup de lacet par acquit de conscience. Il n'y a pas d'autre façon d'expliquer son maintien. Cette convulsion dans les bras provenait de la force qu'elle mettait à tirer sur les deux bouts du lacet, et c'est ce qui me permit d'inférer, à cet instant précis, que c'était bien un cadavre qui se trouvait couché dans son ombre, et c'est pourquoi, lorsque enfin celui-ci nous devint visible, je ne fus pas plus étonné que cela. Mon principal étonnement, plus exactement, me vint de l'extraordinaire beauté de sa silhouette. Si jusque-là toute mon attention était accaparée par le crime, quelle ne fut pas ma stupéfaction en apercevant son visage !

— Ah, mais je reconnais tout à fait qu'elle est d'une grande beauté ! le coupai-je avec quelque irritation tant son discours commençait à me porter sur le système. Je le reconnais bien volontiers, mais il n'y a pas non plus de quoi la porter au pinacle comme tu le fais. Une beauté saisissante, je le veux bien, mais bon, des femmes de cette beauté, il y en a d'autres, ne serait-ce que parmi les geishas de premier rang, il me semble. Ne viens pas me dire que toi-même, à l'époque où tu allais te distraire à Shinbashi ou à Akasaka, tu n'as jamais vu de femmes au moins aussi belles, allons !

L'ironie était volontaire de ma part. Sonomura avait récemment mis un coup d'arrêt à ce type de sorties, justement sous prétexte, comme il aimait à le répéter, que « la geisha authentiquement belle est une vue de l'esprit ». Maintenant, seul le cinéma étranger avait l'heur de lui plaire. De temps à autre, quand l'envie d'une femme le pressait, il choisissait exprès un bordel de bas étage de Yoshiwara ou un assommoir « alcools premier choix » du sixième district pour satisfaire de façon primaire son besoin sexuel. Ce rejet spontané des geishas, pour un homme dont les habitudes dans les maisons de thé les plus huppées avaient un temps risqué d'entamer la fortune que lui avaient laissée ses parents, ne manquait pas de surprendre. Combien de fois l'avais-je entendu oser me dire en face que « les filles des établissements "alcools premier choix" du côté du parc d'Asakusa sont bien plus jolies ». Et c'était ce type aux goûts dépravés qui venait me faire l'article de la femme de cette nuit ? C'était tout de même y aller un peu fort.

— Oh, pour cela, s'il ne s'agit que de ses traits, je concède qu'il en existe qui les valent, à Shinbashi ou à Akasaka... Sauf que, mon vieux, celle-ci n'est sans doute même pas une geisha !

Sonomura se donnait manifestement du mal pour trouver une réplique.

— Il n'empêche qu'avec sa coiffure *tsubushi-shimada* et tout le reste, il n'y a pas de mal à la considérer comme une geisha. A tout le moins, sa beauté est bien de celles que possèdent les geishas.

— Allons, ne prends pas la mouche comme cela, et écoute-moi. Bien sûr, de par son apparence générale et le style de son kimono, cette femme a tout de la geisha. De par son visage aussi, et je t'accorde qu'elle est du genre à apparaître sur les cartes postales représentant des geishas. Cependant, n'as-tu pas remarqué l'expression quelque peu mystérieuse que lui donnent ses sourcils trop épais, cette cruauté terrible, bestiale, cette expression de puissance ? La férocité de la lèvre, cette malignité abyssale, et plus que tout cette douloureuse expression de regret, cet embonpoint marbré d'une légère mélancolie, qu'en as-tu pensé, toi ? Existe-t-il une seule geisha qui présente ce type de beauté maladive ? Tu en trouveras autant que tu veux qui possèdent chacun de ces éléments pris un par un, mais une telle profondeur dans la beauté, crois-tu vraiment pouvoir la trouver ? Allez, avoue ! Même toi, tu ne le crois pas !

— Je ne suis pas d'accord… répondis-je très froidement. Aussi beau que soit ce visage, et il est beau, il s'agit d'un type de beauté que l'on rencontre très communément. Réfléchis bien aux circonstances. La femme venait d'assassiner un homme. Dans des circonstances semblables, n'importe qui prendra un visage terrible. Bien sûr que cela donnera de la profondeur à son expression et un caractère maladif à son teint. La beauté incontestable de cette femme, soulignée par son caractère maladif, la fait apparaître comme un esprit démoniaque. Mais si l'opportunité t'était donnée de la rencontrer dans le salon d'une maison de thé, tu ne saurais plus la distinguer de n'importe quelle autre geisha…

Nous en étions là de notre discussion quand la voiture nous arrêta au parc Shiba, devant la maison de Sonomura.

Il était près de quatre heures du matin, déjà l'aube commençait à blanchir la courte nuit d'été et, malgré cela, nous n'avions aucune envie de reposer nos corps fatigués. Nous nous retrouvâmes, comme la veille au soir, assis dans les fauteuils confortables du bureau de Sonomura, un verre de brandy à la main, soufflant à qui mieux mieux la fumée de nos cigarettes, croisant le fer à qui mieux mieux avec nos opinions respectives.

— D'ailleurs, pourquoi tiens-tu tant à discuter des mérites physiques de cette femme ? La nature du crime me semble un point beaucoup plus problématique.

A peine eus-je prononcé ces mots que Sonomura avala d'un trait la totalité du verre qu'il avait aux lèvres avant de le poser sur la table.

— Parce que je compte faire sa conquête, répliqua-t-il à voix basse sur un ton blasé, mais accompagné d'un long soupir, quelque part comme un geste de désespoir.

Voilà que ta maladie te reprend… pensai-je par-devers moi, tout en lui disant :

— Bon, écoute, loin de moi l'idée d'émettre une critique, mais il vaudrait quand même mieux que tu arrêtes de proférer de telles excentricités. Tu tiens vraiment à finir comme le type en queue-de-pie ? Je sais que tu as des goûts spéciaux, mais tout de même, vouloir mourir étranglé et plongé dans un produit chimique, n'est-ce pas pousser un peu loin ? Remarque, si tu en as assez de vivre, effectivement, fais la conquête de cette femme, c'est un moyen comme un autre, je ne dis pas…

— Approcher cette femme ne signifie pas se faire assassiner à coup sûr. Je me tiendrai sur mes gardes, voilà tout. D'autant plus que, comme je te l'ai dit, elle ne sait pas que nous détenons son secret, elle n'a donc a priori aucune raison de me tuer. Là est tout le sel.

— Tu ne vas vraiment pas bien, mon vieux. Tu n'es peut-être pas encore fou, mais tu fais au moins une sérieuse crise de neurasthénie. Franchement, tu devrais faire attention.

— Ah, mais merci bien. Je te suis très reconnaissant pour ta franchise et tes mises en garde amicales, mais je te prierai de me laisser agir à ma guise. Ces derniers temps, j'ai perdu tout intérêt pour la vie, je me sens encombré de mon corps. Sans l'aide de quelques aiguillons un peu épicés, je ne pourrais continuer à vivre. C'est précisément le cas de l'intéressante affaire de cette nuit, sans cela je serais abattu sous le poids de la monotonie.

Il était lancé, et il continua à caresser son petit moi et à faire l'apologie de sa folie, tout en alignant les verres de brandy. Or, bien qu'intime de longue date du breuvage, voire légèrement alcoolique au point d'avoir la main tremblante même sobre, il devenait de plus en plus pâle au fur et à mesure que l'alcool faisait son effet. Sa pupille était parfaitement noire comme un gouffre sans fond, et étrangement calme.

— Pourquoi ne pas l'approcher, en effet, puisque tu es si certain de ne pas être assassiné… Mais dis-moi, comment comptes-tu t'y prendre ? Connais-tu ses « identité, adresse, qualités » ? En supposant qu'elle soit une geisha de profession, il est clair qu'il ne s'agit pas d'une banale geisha de base. Pourquoi a-t-elle tué cet homme, où s'est-elle procuré ce terrible produit chimique, et quel rapport entretient-elle avec l'homme aux cheveux en brosse, il me semble que tu devrais commencer par en savoir plus de ce côté-là avant de songer à l'approcher. C'est un conseil d'ami que je te donne, si tu le permets.

J'étais extrêmement inquiet pour Sonomura.

— Je vois ce que tu veux dire, répondit celui-ci en me servant un petit rire nasal. Bien sûr, moi aussi, je me suis posé la question. Et j'ai ma petite idée sur le genre de personnages que sont ces deux-là, la femme et l'homme aux cheveux en brosse. Quel est le meilleur moyen d'entrer en contact avec eux, quelle conjoncture convient-il de mettre en œuvre, telles sont en l'occurrence les questions que je me pose. Si cette femme est une geisha, comme tu le prétends, entrer en contact avec elle ne pose a priori aucune difficulté, or, c'est justement ce dont je ne suis pas convaincu.

— Pardon ! Je n'ai pas affirmé que cette femme était une geisha ! Je pense que les femmes de ce genre sont rarement autre chose que des geishas, rien de plus. D'ailleurs, je ne ferai plus aucun commentaire, alors si ce n'est pas une geisha, précise ta pensée, je te prie : quel genre de femme est-elle, selon toi ? Et non seulement cela mais le mobile du crime, et la raison pour laquelle ils ont pris une photographie du cadavre, le nom de ce terrible produit… Si tu es en mesure de me donner des éclaircissements, je t'en prie, pour moi, ces événements restent d'insondables mystères, je n'ai quasiment rien à en dire. Je suis très curieux d'entendre ton opinion sur tout cela.

Evidemment, je me disais bien que cette façon de tendre la perche à Sonomura risquait de l'attirer sur la pente naturelle de sa folie, ce qui n'était pas très bon pour lui. Néanmoins, la scène de ce crime avait fait se lever une telle curiosité en moi que je ne pouvais pas rester muet.

— Oh, de nombreux points me sont toujours obscurs, à moi aussi. Mais je veux bien te dévoiler les principaux éléments de ma façon d'appréhender le problème…

Et il se lança dans un discours verbeux au possible, sur le ton du professeur qui s'adresse à un élève.

— Il se trouve que je suis précisément moi-même en train de me poser ces questions. Je ne dispose pas encore d'explication déterminante, mais, en tout état de cause, je reste persuadé que cette femme ne peut être une geisha. La fois où je l'ai vue au cinéma, elle était coiffée en *hisashi-gami*, c'est-à-dire avec les cheveux de devant et des côtés roulés en couronne. D'autre part, elle ne portait aucune bague, à tout le moins pas à la main gauche, celle avec laquelle elle écrivait en caractères *katakana*, alors qu'elle en portait ce soir. En outre, tu te souviens du parfum sucré qui a frappé nos narines à l'instant où nous avons collé notre œil sur les nœuds évidés du volet, tout à l'heure. Eh bien, l'autre soir, la distance qui me séparait d'elle était encore plus réduite, et tu sais combien j'ai l'odorat sensible, pourtant, je n'ai senti aucun parfum. Non pas que la femme de l'autre soir et celle de cette nuit puissent être deux personnes différentes. Une femme prête à dissoudre un cadavre dans une solution chimique pour effacer toute preuve ne confie pas la communication de ses messages à une autre femme. Il n'y a aucun doute que celle que j'ai vue l'autre jour communiquer par *katakana* et par message codé avec l'homme aux cheveux en brosse est bien la même que celle que nous avons vue aujourd'hui. C'est donc une femme qui change souvent de vêtements comme d'accessoires. Cette nécessité de changer souvent de tenue s'explique d'autant plus facilement si cette femme est une scélérate, une coutumière du crime. Il est même possible qu'elle se soit coiffée ce soir en *tsubushi-shimada* pour contrefaire la geisha, comme elle a pu se faire un chignon l'autre jour pour jouer l'étudiante. Alors que si elle était une vraie geisha, rien ne l'empêchait de porter la même bague également l'autre jour, et elle aurait également été parfumée. Quant au parfum qui émanait de son kimono, ce n'est pas le genre de parfum que porte une geisha, voyons…

Sais-tu de quelle odeur il s'agissait, d'ailleurs ? Ce n'est pas un parfum. C'est l'odeur du calambac de l'ancien temps. Oui, le kimono que la femme portait ce soir était fumé au calambac. Alors, réfléchis un peu. Il ne doit pas y avoir beaucoup de geishas de nos jours qui fument leurs kimonos au calambac, tu me l'accorderas. Cela dénote au contraire une esthète d'une espèce extrêmement rare. Et ce qui prouve qu'elle a des goûts très spéciaux, c'est cet extraordinaire bracelet qu'elle portait au bras droit, ne l'as-tu pas remarqué quand elle a remonté ses manches avec un cordon pour porter le cadavre ? Un tel bracelet, porté par une geisha, lui donnerait un air excentrique et plutôt rebutant. Une femme coiffée en *tsubushi-shimada* et portant des vêtements imprégnés de calambac et un bracelet de ce genre, tu avoueras que c'est le comble du mauvais goût. En un mot comme en cent, cette femme a un penchant immodéré pour les jeux tordus. D'autre part, cher ami, il convient de prendre en considération le fait que le mort était en queue-de-pie. La queue-de-pie semblait pour le moins déplacée en ces circonstances, ce qui rend cette affaire d'autant plus labyrinthique, car, tout de même, une geisha et une queue-de-pie, l'assemblage n'est-il pas quelque peu dépareillé ? N'oublie pas non plus que la femme a déclaré à l'homme aux cheveux en brosse quelque chose comme : « Tout ce qui est dangereux est beau. Ne dit-on pas que le diable est beau comme un dieu ? » Ce qui, tu en conviendras, est un peu trop effronté dans la bouche d'une geisha. Et ce message codé de l'autre jour... Dans l'hypothèse où elle l'a elle-même écrit en anglais, ce n'est certainement pas à la portée d'une geisha. Je ne dis pas qu'une femme aussi éduquée ne peut être geisha, mais à tout le moins, s'il existait une geisha de cette beauté et de cette culture, il est invraisemblable que nous n'en ayons jamais entendu parler. Et puis, diantre, comment une geisha pourrait-elle se procurer le fameux produit chimique ? D'autant plus qu'elle en maîtrisait les justes proportions, tu te souviens que l'homme aux cheveux en brosse lui a demandé de confirmer. Toutes ces raisons me portent à croire que cette femme n'est pas une geisha. J'ajouterai qu'une puissante raison vient corroborer mes déductions : tout à l'heure, quand elle a plongé le cadavre dans le produit, tu t'en souviens certainement, n'a-t-elle pas prononcé les mots : « Il est tellement gros que cela demandera un peu de temps avant que le corps disparaisse complètement, ça ne sera pas aussi rapide que pour M. Matsumura » ? Ce nom de Matsumura ne te rappelle-t-il rien ?

— Matsumura, effectivement, c'est bien le nom qu'elle a prononcé... Mais, non, cela ne me dit rien de spécial. Qui est ce Matsumura ?

— Voyons, il y a quelque temps de cela... tout juste deux mois, n'as-tu pas lu dans le journal un article décrivant la disparition du vicomte Matsumura de Kôjimachi ?

— Ah, maintenant que tu le dis... j'ai peut-être bien lu quelque chose de ce genre, en effet.

— L'article a paru dans l'édition du matin et dans l'édition de la veille au soir, accompagné d'un portrait photographique. L'article de l'édition du soir était beaucoup plus détaillé, avec une interview de la famille. Une semaine plus tôt, le vicomte était rentré d'un voyage d'agrément en Occident et il semblait souffrir de neurasthénie. Depuis son retour, il restait enfermé chez lui et ne voyait personne. Or, un jour, pour mettre un terme à sa claustration, il quitte sa résidence en déclarant qu'il part en voyage. C'est à ce moment-là que sa famille perd ses traces.

Le vicomte avait, semble-t-il, déclaré qu'il irait de Kyôto à Nara, puis de là qu'il se rendrait aux sources thermales de Dôgo. Il n'était pas accompagné, un employé de la maison l'avait conduit jusqu'à la gare centrale et était rentré après l'avoir vu monter à bord du train, muni d'un billet jusqu'à Kyôto. Selon la famille, le vicomte avait pu perdre la tête au cours de son voyage, et le suicide était une éventualité. Il avait préparé une somme conséquente pour ses frais de voyage avant de partir et aucun testament n'a été retrouvé, ce qui semble impliquer qu'il n'avait pas l'intention de mettre fin à ses jours, mais l'idée peut lui être passée par la tête à un moment ou à un autre, n'est-ce pas ? Bref, voilà l'histoire. La famille Matsumura a continué à faire paraître la photo du vicomte pendant une dizaine de jours avec promesse de récompense, sans obtenir aucun indice probant, excepté que, le lendemain matin suivant son départ, un homme répondant au signalement du vicomte aurait été aperçu quittant le quai de la gare de Shichijô à Kyôto, accompagné d'une jeune dame. Or, d'après les employés de maison, depuis son long séjour en Europe et son retour au pays, le vicomte menait une vie tout à fait solitaire, il n'avait apparemment aucun ami familier dans le monde, et encore moins dans le demi-monde où il n'avait jamais mis les pieds. Il était donc absolument impossible qu'il ait voyagé en compagnie d'une femme et il devait simplement y avoir erreur sur la personne. Deux mois se sont écoulés et aucun article n'a paru faisant état que le vicomte ait été retrouvé, lui ou son cadavre. Bref, on ignore s'il est vivant ou mort. Personnellement, cette histoire ne m'avait pas particulièrement alerté quand je l'avais lue, mais lorsque la femme de cette nuit a prononcé le nom de « M. Matsumura », j'ai immédiatement eu l'intuition qu'il s'agissait du vicomte. Franchement, le M. Matsumura que cette femme a assassiné peut-il être quelqu'un d'autre ? C'est lui, c'est évident. En tout cas, c'est mon hypothèse… Réfléchis : on a perdu toute trace du vicomte entre Tokyo et Kyôto. S'il lui était arrivé quelque chose dans le train avant son arrivée à Kyôto, on l'aurait su. Autrement dit, jusqu'à Kyôto il ne s'est rien passé. S'il lui est arrivé quelque chose, c'est après son arrivée à Kyôto. Et non seulement cela, mais puisqu'il n'a été vu qu'à la gare de Shichijô et dans aucune autre gare ensuite, ni hôtel ou auberge, c'est donc à Kyôto même que le vicomte s'est suicidé ou a été assassiné. Or, suicide ou meurtre, dans des circonstances normales, surtout dans Kyôto *intra-muros*, ce serait bien le comble si son cadavre n'avait pas été découvert à ce jour... Vois-tu, c'est là que je me suis dit... Tout à l'heure, quand la femme a désigné l'homme en queue-de-pie et a dit qu'il était plus gros que M. Matsumura, j'ai compris que le M. Matsumura qu'elle avait tué devait être un maigre. Or, il suffit de voir la photographie du vicomte, il était extrêmement mince...

D'autre part, tu auras remarqué qu'elle l'a appelé *monsieur* Matsumura. Ce qui est un indice qu'elle n'était pas d'une grande intimité avec lui, et en même temps, n'est-ce pas le signe d'une certaine forme de respect ? Quand nous nommons un individu avec lequel nous ne partageons aucune relation, nous disons son nom sans aucun appellatif, sauf s'il s'agit d'une personnalité connue socialement, ou d'un membre de l'aristocratie, auquel cas nous nous l'appelons *monsieur* Untel. D'autant plus venant d'une femme, le fait qu'elle l'appelle *monsieur* Matsumura révèle d'une part qu'il s'agissait d'un aristocrate, d'autre part de quelqu'un avec qui elle n'était pas en relations très étroites. S'il s'était agi de son amant, par exemple, ou de son époux, d'un intime en tout état de cause, elle ne l'aurait certainement pas appelé *monsieur* après l'avoir tué. Elle l'aurait par exemple appelé « Matsumura » tout court, ou « l'autre imbécile », ou quelque chose du même acabit. Il en résulte que s'il peut sembler prématuré d'identifier le Matsumura qu'elle a tué avec le vicomte Matsumura, un autre indice vient ici apporter un élément capital. A savoir que le vicomte, qui était seul en quittant Tokyo, a peut-être été aperçu le lendemain en compagnie d'une jeune femme à la gare de Shichijô. L'employé de la famille du vicomte rejette cette hypothèse sur la prémisse que le vicomte ne fréquentait aucune jeune femme. Mais qui nous dit que cette jeune femme ne venait pas précisément de faire la connaissance du vicomte dans le train ? Certes, si l'on part du principe que le vicomte n'avait aucun goût pour ces fréquentations, on trouvera cela peu vraisemblable. Mais si la femme a l'expérience de la ruse, que son objectif est dès le départ de l'amadouer, d'en faire son pantin et qu'elle l'approche avec précaution, diplomatie, prudence, cela n'a à vrai dire rien de bien étrange, et pour peu qu'elle soit vêtue avec élégance, est-il si étonnant que le vicomte ait baissé sa garde ? Il était porteur d'une grosse somme, on peut donc supposer que la femme l'avait repéré dès Tokyo et avait l'intention de faire main basse sur cet argent… Bref, plus j'y pense, plus je me dis que le vicomte, quelque part à Kyôto, s'est fait assassiner par cette jeune dame qui n'est autre que la femme d'hier, et que son corps a été dissous…

— Tu compares cette femme aux pickpockets qui opèrent dans les trains, en quelque sorte…

— C'est un peu ça, oui… Puisque le vicomte n'a pas encore été retrouvé, le plus logique n'est-il pas en effet de l'identifier comme le Matsumura assassiné par la femme et dont le cadavre a été dissous dans un produit chimique ? Et si l'on admet qu'elle n'était pas une vieille connaissance du vicomte, il va sans dire qu'elle l'a tué pour l'argent qu'il avait sur lui. Cette femme est donc très exactement une de ces voleuses qui sévissent dans les transports en commun, à la différence près que selon moi elle appartient à une organisation criminelle de grande ampleur et s'adonne à quelques extras sur son temps libre. Elle opère à la fois à Tokyo et sur la région Kyôto-Osaka, et je suis persuadé qu'il existe quelque part à Kyôto une maison avec les mêmes produits et la même baignoire occidentale. Un syndicat du crime prospère sur la ligne du Tôkaidô, communique par messages codés et commet systématiquement des exactions…

— Je vois, il faut reconnaître que tes explications sont assez convaincantes. Et selon toi, l'homme en queue-de-pie qui s'est fait assassiner cette nuit serait lui aussi un aristocrate ou quelque chose de ce genre ? lui demandai-je.

Je dois avouer que depuis quelques instants, j'étais pris d'une admiration grandissante pour les capacités de détective de Sonomura et je voulais maintenant à toute force lui demander son avis sur les autres détails.

— Non, certainement pas un aristocrate. A mon avis, le cas du mort de cette nuit est radicalement différent de celui du vicomte Matsumura.

Sonomura se leva de son fauteuil sans cesser de parler et alla ouvrir une fenêtre à l'est de la résidence de style occidental. Une fraîche brise matinale s'engouffra dans la pièce moite et surchauffée, ennuagée de fumée de cigarette.

— Pour ma part, j'ai quelque raison de penser que le mort de cette nuit était un membre de leur confrérie, continua Sonomura avant de revenir à son fauteuil et de me regarder papilloter des paupières d'un air incrédule. L'autre jour au cinéma, son attitude nous a semblé s'expliquer par le fait qu'il était soit l'amant, soit l'époux de la femme. Son smoking à queue-de-pie d'aujourd'hui te fait peut-être penser à un aristocrate, mais crois-tu qu'un aristocrate se promènerait en queue-de-pie pour se rendre au fond de ruelles sordides comme celles-là ? Un malfaiteur qui se serait déguisé en aristo pour s'infiltrer dans une soirée et serait ensuite rentré chez lui n'est-il pas plus vraisemblable ? Si cet homme était l'amant de la femme, c'est même la seule façon d'expliquer la situation. D'autant plus qu'au moment où ils ont pris la photo, tu t'en souviens, elle a déclaré : « Quel ventre ! C'est qu'il faisait ses vingt *kanme*, le bonhomme ! » Eh bien, cette simple phrase : « Quel ventre ! C'est qu'il faisait ses vingt *kanme* ! » exprime parfaitement la relation qui la liait à cet homme, à mon sens.

— Effectivement, tu dois avoir raison, c'est mon impression aussi. Dans ce cas, si elle l'a tué, c'est parce qu'il devenait gênant depuis qu'elle était tombée amoureuse de l'homme aux cheveux en brosse…

— Explication qui semble couler de source, certes. Néanmoins, d'autres éléments nous engagent dans une autre direction. Tu l'as certainement remarqué, une fois le cadavre plongé dans la bassine, l'homme aux cheveux en brosse a étendu le futon de la femme, puis est passé dans l'autre pièce pour dormir sur sa propre couche. En outre, il est constamment resté aux ordres de la femme, qu'il appelait « mademoiselle ». Une attitude peu convaincante, tu en conviendras, s'agissant d'un couple amoureux. Et la question de la photo est encore plus étrange de ce point de vue. Si le fait de dissoudre le cadavre dans un produit chimique s'explique logiquement par la volonté de ne laisser aucun indice, pourquoi prendre une photographie ? Il doit être suffisamment atroce de voir en rêve la figure d'un homme qu'on a tué de ses mains, quel besoin d'en prendre un cliché ? Il faut que le mort ait été d'un statut tout à fait particulier, au point qu'on peut se demander si là ne réside pas précisément la justification cachée du meurtre…

— La justification cachée du meurtre ? Que veux-tu dire par là ? Par exemple ? A quoi penses-tu ?

— Eh bien… Ma foi, ce n'est qu'une hypothèse personnelle et saugrenue, évidemment, mais… Imaginons que la femme possède le particularisme sexuel de ressentir un plaisir intime à l'instant de tuer quelqu'un. Elle pourrait avoir développé dans ce cas une sorte d'obsession meurtrière, qui la ferait assassiner des hommes pour le seul plaisir de tuer, en dehors de toute nécessité. Une telle hypothèse me paraît amplement illustrée par le comportement de la femme. Regarde, mon cher : la première fois, le vicomte est assassiné après qu'elle l'a simplement abordé dans le train. Certes, l'assassinat trouve son mobile dans le vol et le besoin d'effacer les indices. J'ignore la quantité exacte de numéraire que le vicomte avait sur lui, mais cela ne devait pas dépasser de beaucoup les nécessités du voyage, disons mille yens au grand maximum. Recourir à l'assassinat pour un tel montant semble pour le moins excessif. Il aurait suffi de lui faire boire un somnifère, par exemple, ou de faire intervenir quelques comparses pour accomplir le travail, une femme comme elle pouvait envisager bien d'autres moyens d'effacer ses traces. En tout état de cause, rien n'imposait de recourir à une façon de tuer aussi particulière. Attirer le vicomte jusqu'à leur repaire de Kyôto, lui donner la mort et le plonger dans un produit chimique, c'est se donner beaucoup de mal pour bien peu. Cela atteint des proportions extraordinaires dans le cas de l'assassinat de l'homme d'hier soir. Si ce n'est pas un crime crapuleux, cela ne semble pas non plus être un crime passionnel, pour tout dire, l'homme en queue-de-pie semble avoir été tué pour presque rien, et prendre une photo du cadavre ne fait que rendre les choses plus compliquées et plus périlleuses. Voilà qui corrobore à mon avis l'explication selon laquelle cette femme, poussée par un désir pervers, y trouverait du plaisir. Le cadavre du vicomte a vraisemblablement été lui aussi pris en photo. Il se peut même, si on pousse cette piste un peu plus loin, qu'elle ait d'ores et déjà tué de la même façon un grand nombre d'hommes dont les cadavres ont certainement tous été photographiés. Revoir le visage mort de la multitude d'hommes qui ont perdu la vie de ses mains, pris au leurre de sa sensualité, n'est-ce pas ce qui fait exulter son cœur féroce, comme le fait la vue de l'être aimé ?

— Je peux imaginer une telle femme, il est vrai, moi aussi. Mais qu'elle ait immolé l'homme en queue-de-pie par simple désir de s'offrir une victime... Il doit exister une autre raison. Même si elle a les goûts que tu dis, il semble peu probable qu'elle prenne le premier homme qui passe à sa portée. Comment expliques-tu sinon qu'elle ait tué l'homme en queue-de-pie et pas celui aux cheveux en brosse, par exemple ?

— Elémentaire, mon cher ami, non seulement l'homme en queue-de-pie était son amant, mais il était probablement aussi le chef de leur clique.

En d'autres termes, elle prend plaisir à mettre à mort des hommes d'un statut supérieur au sien. L'homme coiffé en brosse étant son subordonné, elle peut le tuer si elle veut et quand elle veut. Mais cela ne présente pour elle aucun intérêt. Si elle a choisi le vicomte Matsumura, c'est sans aucun doute parce que son statut de vicomte, c'est-à-dire de membre de l'élite sociale, a titillé son désir. Et bien sûr, supprimer le chef de leur confrérie présente également l'intérêt de se trouver en position d'en devenir le nouveau chef. Sa façon de s'adresser à l'homme coiffé en brosse et de lui donner des ordres n'était-elle pas dans les manières d'un chef, justement ?

— Exact, approuvai-je. Cette façon de voir les choses résout avantageusement tous les mystères. Autrement dit, cette femme est un démon du crime.

— Un démon du crime… C'est cela. Et une sorcière de toute beauté. Dans ma tête, je sais qu'elle est horrible, mais cela reste totalement abstrait, la seule chose qui me frappe, en réalité, c'est sa beauté. Quand je me remémore le spectacle de la nuit dernière, le seul sentiment que j'éprouve est l'émotion qui m'étreint devant sa beauté inquiétante, devant la dangereuse sensualité d'une beauté qui n'est pas de ce monde. Ce que nous avons vu la nuit dernière à travers un œilleton de bois évidé, c'était un meurtre, certes, mais cela ne s'est pas inscrit dans mon esprit comme une vision terrifiante ou malsaine. Quelqu'un était en train de se faire assassiner, mais sans que fût versée la moindre goutte de sang, sans violence, nous n'avons pas entendu le moindre gémissement. Tout s'est déroulé avec charme et modestie, dans la douceur d'un murmure amoureux. Loin de croire m'être réveillé d'un mauvais rêve, j'ai l'impression d'avoir admiré une image chatoyante et colorée, éblouissante de lumière. « Tout ce qui est dangereux est beau, le diable possède l'auguste beauté d'un dieu », cette parole ne se rapportait pas seulement aux couleurs de pierres précieuses des liquides, elle qualifie à la perfection cette femme elle-même. Elle est l'héroïne cardinale du roman criminel, elle est l'avatar du démon. Voilà mon ressenti. Elle est la démone qui avait pris depuis longtemps demeure dans mon crâne et se nourrissait de mon imagination. Elle est l'illusion que mon cœur a toujours aimée, et je ne peux m'empêcher de croire qu'elle a daigné se manifester dans ce monde pour soulager ma solitude. N'est-elle pas en définitive apparue sur cette terre pour moi, pour me rencontrer ? Mieux que cela, n'a-t-elle pas perpétré le crime de la nuit dernière uniquement pour que je le voie ? Je ne demande qu'à le croire. Je veux la rencontrer, je suis prêt à tout pour cela, fût-ce au risque de ma vie. Je la chercherai, je ferai tout pour me rapprocher d'elle… Je sais que tu te fais du souci pour moi, je t'en suis reconnaissant, mais n'ouvre pas la bouche, laisse-moi faire. Je te l'ai dit, mon but n'est pas de percer son secret. Je l'aime. Ou je l'idolâtre, devrais-je dire.

Les deux mains derrière le crâne, Sonomura, avachi sur son fauteuil, resta silencieux un long moment, perdu dans ses pensées.

Que rajouter à un tel discours ? Comment le contredire ? Les mots me manquaient. L'écouter m'avait épuisé, si bien que je m'étendis comme lui de tout mon long dans mon fauteuil, incapable de dire un mot. L'ivresse, comme un incendie, avait liquéfié la fatigue qui envahissait nos corps et nous nous sentions confortablement installés dans un profond nuage cotonneux. Dans un demi-sommeil, des tréfonds de ma conscience, je me promettais de rester couché comme cela deux ou trois jours…

Après avoir dormi chez Sonomura toute la journée du lendemain, je rentrai le soir tard à Koishikawa où m'attendait ma femme, très inquiète. A peine me vit-elle qu'elle me demanda :

— Alors, M. Sonomura ? Est-il devenu fou, à cette heure ?

— Fou, peut-être pas complètement. Mais très échauffé, c'est sûr.

— Mais enfin que s'est-il passé, hier soir ? Cette histoire de meurtre, c'était juste une méprise, n'est-ce pas ?

— Je ne sais pas si c'était une méprise, mais quand on n'a plus toute sa tête... Comment veux-tu que j'y comprenne quelque chose, ma foi...

— Mais vous êtes allés jusqu'à Suitengû tout de même ?

Je sursautai et répliquai le plus naturellement possible :

— Penses-tu ! Je lui ai sorti le grand jeu et je l'ai ramené chez lui à Shiba. Il ne manquerait plus que ça qu'on soit allés à une heure pareille à Suitengû ! En tout cas, je n'en sais rien mais s'il y avait eu un meurtre, ce serait dans le journal, il me semble.

— Tu as raison. Qu'est-ce qui a bien pu lui donner des idées pareilles ? C'est une chose bizarre tout de même, cette folie...

Et ce fut tout, les soupçons de ma femme ne semblaient pas développés outre mesure.

Enfin allongé sur mon futon, chez moi pour la première fois depuis deux jours, je repassai dans ma tête les événements de la veille. Tout avait commencé le matin par ce coup de fil de Sonomura alors que j'étais en train d'écrire le manuscrit pour lequel je m'étais engagé. Tout cela n'avait été qu'un rêve, et c'était ce coup de fil qui avait constitué le lien entre le rêve et la réalité. C'est à partir de là que j'avais commencé à me laisser entraîner dans le labyrinthe de l'illusion. Si la folie de Sonomura s'était communiquée à moi, sans aucun doute, c'était à ce moment-là que tout avait commencé. A cet instant précis, j'avais pris une chose pour une autre, j'avais dû me méprendre, en quelque sorte, et là, tout était devenu réel... Oui, mais où... où m'étais-je trompé ?

J'eus beau réfléchir, je ne pus trouver où j'avais trébuché. Ce que j'avais vu la nuit dernière présentait toutes les apparences de la réalité. Cette nuit-là, à une heure du matin derrière le Suitengû, cet assassinat qui avait été commis, je l'avais vu, de mes yeux vu, cela au moins était bien réel. On pouvait me traiter de fou, mais on ne pouvait pas nier cette réalité. Toutefois, cette réalité était-elle vraiment conforme aux déductions de Sonomura ? Sur la nature de ce crime, sur la femme, sur l'homme aux cheveux en brosse et celui en queue-de-pie, les affirmations de Sonomura étaient-elles valides ou pas ? Le fait que je ne trouve aucun argument pour le contredire pouvait passer pour la preuve qu'il avait raison, oui…

Mon angoisse, mes doutes se poursuivirent ainsi pendant cinq à six jours. Dans l'intervalle, je me rendis deux ou trois fois chez Sonomura, mais à chaque fois il était absent. Il ne devait pas manquer d'occupations pour sortir de chez lui tous les jours tôt le matin et rentrer si tard le soir, comme me l'expliqua son gardien, quelque peu étonné.

Une semaine exactement après le fameux jour, j'allai de nouveau chez lui et pour une fois l'y trouvai. Il m'accueillit en personne à l'entrée, l'air très en forme.

— Ah, c'est toi ! Tu ne pouvais pas mieux tomber, dit-il avant de baisser la voix pour m'annoncer à l'oreille, comme si rien ne devait me faire plus plaisir : Elle est précisément en ce moment dans mon bureau.

— Elle ? Tu veux dire…

Je ne pus terminer ma phrase. Non ? Il avait donc vraiment retrouvé cette femme ? A moins que ce ne fût elle qui l'ait retrouvé, d'ailleurs. Et il comptait me la présenter ? Quelle idée saugrenue !

— Eh oui, elle est là… Ces derniers jours, j'étais hors de chez moi du matin au soir, à arpenter Suitengû de long en large dans l'espoir de tomber sur elle, mais je dois dire que même en rêve je n'aurais pas cru que cela allait arriver aussi vite. Je te raconterai plus tard comment je l'ai retrouvée, et selon quel processus j'ai réussi à devenir intime avec elle. Mais tu peux bien faire sa connaissance, allons !

Ses dénégations ne faisaient pas entièrement disparaître mes hésitations.

— Entre, que je te présente ! Cela n'a rien de dangereux. Il ne s'agit que de la rencontrer, ajouta-t-il pour se moquer de ma timidité.

— Tant que c'est dans ton bureau, je suppose qu'il n'y a aucun danger, mais si nous devenons plus proches…

— Et pourquoi pas ? Elle est mon amie, je te dis.

— Ma foi, c'est toi qui l'as voulu, que puis-je y faire ? Mais désolé, je ne vais pas rentrer dans votre jeu et tenir la chandelle juste pour te faire plaisir…

— Allons, je l'ai justement invitée à venir ici, et tu ne veux pas la rencontrer ?

— Oh, je suis certainement très curieux de la voir… Mais cela me dérange un peu de la connaître officiellement, autant que possible je préférerais une façon plus confidentielle, plus cachée… Comment dire, mon vieux, non pas que je veuille seulement l'espionner par un trou, ce ne serait pas très pratique, mais ne pourrais-tu par hasard la conduire dans une pièce japonaise ? De cette façon, je pourrais l'observer du jardin, entre les buissons, tu comprends…

— Vraiment ? Enfin, si tu insistes, je veux bien t'accorder ce privilège. Pour que tu puisses mieux voir, je vais essayer de l'entraîner en devisant du côté de la galerie extérieure, tu n'as qu'à rester accroupi dans le renfoncement. De là, tu devrais entendre notre conversation. Regarde ce qui se passe, et si tu changes d'idée, fais-toi introduire par la domestique, je te présente quand tu veux.

— D'accord, je te remercie. Il ne sera pas nécessaire de me faire introduire, je ne pense pas, répondis-je, quand, un doute me venant à l'esprit, je pris soudain Sonomura par le bras. Mais dis-moi, même si vous êtes devenus amis, tu ne lui as pas dit que nous connaissions son secret, n'est-ce pas ? J'ai bien compris que tu étais prêt à mourir pour cette histoire, mais je n'ai pas envie d'être éclaboussé, moi !

— Rassure-toi. Je suis tout à fait conscient du problème. Même dans ses rêves, elle ne sait pas que nous l'avons vue. Et je n'ai aucunement l'intention de le lui dire, voyons !

— Alors ça va. Mais fais gaffe, quand même. N'oublie pas que son secret, c'est aussi notre secret. Un secret sur lequel reposent nos deux vies, alors tu n'as pas le droit de parler sans mon autorisation.

Ce point m'inquiétait tellement que je me composai un visage sévère pour enfoncer le clou.

J'espionnai donc cette femme pour la seconde fois, caché dans un renfoncement du bâtiment. Néanmoins, il n'y a pas lieu de relater en détail tout ce que j'observai cette fois. Je dirai simplement que c'était indiscutablement la même femme que l'autre nuit, cette fois avec une mèche divisée en deux sur le front, ce qui lui donnait l'air d'une actrice. Elle était vêtue avec style, un style qui lui donnait au premier coup d'œil l'allure d'une actrice, alors que le même bracelet brillait à son avant-bras. En tout état de cause, c'était bien la même extraordinaire beauté que j'avais vue à travers un nœud creux.

Sonomura était manifestement très intime avec elle. Il avait apparemment fait sa connaissance au Seiyûken, le billard d'Asakusa, où elle avait réussi une centaine de carambolages.

— Vous ne saurez pas qui je suis, c'est mon secret. Personne ne le sait, je ne le dis à personne. Si vous voulez me fréquenter, vous devrez en passer par là, avait-elle posé comme condition pour s'engager dans une relation avec lui. Sonomura, pour sa part, cherchant à confirmer ses déductions, l'avait emmenée tous les jours, tous les soirs, dans tous les bars, restaurants et hôtels de Tokyo, feignant d'ignorer tout de son adresse, de ses tenants et aboutissants. La veille encore, ils s'étaient donné rendez-vous à la gare de Shinbashi et étaient allés passer la nuit aux sources thermales de Hakone. Au retour, il l'avait invitée à passer chez lui au parc Shiba, raison pour laquelle elle se trouvait là en cet instant.

*

Jour après jour, la relation entre Sonomura et Eiko – tel était le nom qu'elle se donnait – avait donc pris de l'ampleur et de la profondeur. Quand je passais chez lui à l'improviste, il était généralement absent. Mais je les vis à plusieurs reprises ensemble dans une voiture, dans une loge au théâtre, ou se promenant main dans la main à Ginza. Chaque fois, elle portait une tenue différente, un jour en *yukata* tissé-teint, manteau *haori* sur les épaules, un autre jour les cheveux noués comme une actrice avec une capeline, une autre fois encore en chemisier occidental de lin blanc et bottes à talons hauts. Sa beauté restait inchangée, mais selon les jours, l'expression de son visage pouvait être à ce point différente qu'on aurait pu croire une autre personne.

A quelque temps de là – ils étaient alors en relation depuis plus d'un mois, je pense – une nouvelle découverte me causa une grande surprise. Evidemment, cela n'avait pas manqué : Eiko n'était plus seule autour de Sonomura, l'autre, l'homme aux cheveux en brosse, les accompagnait maintenant. Je l'avais découvert par hasard. J'étais dans la salle de Mitsukoshi, où j'étais venu visiter une exposition, quand je vis Sonomura descendre tout fier du troisième étage par le grand escalier, accompagné d'Eiko et de l'homme en question. Sonomura fit mine de m'éviter. Pour ma part, cette vision me figea sur place. Le temps de ravaler ma salive, je n'eus même pas la présence d'esprit de l'appeler. L'homme aux cheveux en brosse était vêtu comme un étudiant et les suivait avec une obséquiosité comique.

Cette fois, nul ne peut dire ce qui peut arriver à Sonomura, il n'est plus temps d'attendre, me dis-je. Le moment était venu de le réveiller de sa lubie. Je pris ma décision, et le lendemain matin à la première heure, je filai chez lui à Yamauchi. Or, nouvelle surprise, qui vint m'ouvrir à l'entrée ? L'homme aux cheveux en brosse.

Ce jour-là, il était vêtu d'un kimono non doublé en tissé-teint de Kurume de qualité, sur un pantalon *hakama* dans une étoffe de coton de Kokura. Je lui demandai si le maître de céans était là. Il me répondit en joignant les mains avec une extrême politesse :

— Monsieur est présent.

Le ton était très aimable, mais accompagné d'un sourire assez vulgaire.

Je trouvai Sonomura effondré sur son bureau, l'air profondément déprimé. Afin que rien de nos paroles ne puisse franchir les murs, je commençai par fermer solidement la porte derrière moi, puis je courus vers lui et lui posai rudement quelques questions.

— Mais enfin, mon vieux, qu'est-ce que ce type coiffé en brosse fait chez toi ? Que se passe-t-il ?

— Hum… fit Sonomura pour toute réponse, avec une grimace appuyée quand il me reconnut du coin de l'œil, réaction à l'embarras dans lequel le plaçaient mes questions, évidemment.

— Comment veux-tu que je comprenne ce qui t'arrive si tu ne me dis rien, enfin ! Ce garçon m'a l'air de loger chez toi comme un étudiant, je me trompe ?

— Rien n'est encore décidé, mais il dit qu'il a des difficultés à payer les frais de scolarité, alors j'envisage de l'héberger un moment chez moi, répondit-il très lentement d'une voix empâtée et sans énergie.

— Des difficultés à payer ses frais de scolarité, dis-tu ? Mais où est-il supposé étudier ?

— A la faculté de droit, paraît-il.

— Ah, c'est peut-être ce qu'il prétend, c'est tout à fait possible, mais ne me dis pas que tu l'as pris pour argent comptant, tout de même ? As-tu vérifié s'il est véritablement inscrit, au moins ? insistai-je.

— Je ne sais pas si c'est vrai ou pas, mais il marche en ville dans un uniforme de la faculté de droit, en tout cas. C'est un parent d'Eiko, un cousin, paraît-il. C'est ainsi qu'elle me l'a présenté, alors je suis bien obligé de l'accepter comme tel.

J'eus l'impression que non seulement il ne trouvait rien à redire à sa réponse, mais il montrait de l'agacement, une sorte d'antipathie à mon égard. Je restai un instant abasourdi, surveillant son regard, puis je repris en tâchant de donner à ma voix plus d'aménité et en accompagnant ma phrase d'une tape dans le dos :

— Allons, mon vieux, il ne faut pas se laisser abattre comme ça ! Tu n'es pas sérieux ! Tu n'en es pas au point de croire tout ce que cet homme et cette femme peuvent te dire…

— Mais puisqu'ils le disent, je peux bien penser que c'est vrai, tout de même ? Je ne suis pas obligé de leur chercher tout le temps la petite bête. Du moment que je suis à leur contact, je dois m'attendre à des histoires de ce genre, c'est dans l'ordre des choses.

— Sans leur chercher la petite bête, tu sais le danger qu'il y a à laisser cet homme et cette femme gagner du terrain. Passe encore pour la femme, tu es amoureux d'elle, je peux comprendre, mais enfin, cet homme est bien le dernier que tu dois laisser t'approcher, tu ne crois pas ?

Mes paroles n'eurent d'autre effet que de lui faire détourner le visage et s'emmurer dans le silence.

— Vois-tu, je suis venu aujourd'hui te donner un ultime conseil d'ami. Il y a quelques jours, je t'ai aperçu à Mitsukoshi avec cet homme, alors, je me mêle peut-être de ce qui ne me regarde pas, je sais, mais j'ai eu beau essayer, je n'ai pas pu me retenir, et c'est pour cela que je suis là aujourd'hui. Si tu me considères réellement comme ton seul ami, alors, s'il te plaît, éloigne cet homme de toi.

— Je sais parfaitement le danger que représente cet homme. Mais Eiko insiste tellement pour que je le prenne en charge... Je ne peux plus rien refuser à Eiko... expliqua Sonomura, les yeux baissés, la tête pendante, comme pour s'en remettre à mon indulgence.

— C'est peut-être suffisant pour toi. Mais, je te l'ai déjà dit, je te rappelle qu'au cas où une chose regrettable t'arriverait, je pourrais également me trouver en danger, et moi, je ne resterai pas muet. En cas de nécessité, je suis prêt à les dénoncer à la police, tiens-le-toi pour dit.

J'avais fait ce qu'il fallait pour paraître très remonté sur le sujet, néanmoins, il ne perdit pas contenance et resta tout aussi calme.

— Tu peux toujours les dénoncer à la police, ils ne sont pas du genre à se laisser coincer. Cela ne ferait qu'augmenter leur haine à notre égard. Ne crois-tu pas que c'est là que tu risquerais d'avoir des ennuis ? Enfin, laissons cela, tu n'as aucun souci à te faire. Moi aussi, je tiens à la vie, sois sûr que je serai très attentif à ne rien dévoiler.

— Ma foi, je vois que tu n'es pas prêt à répondre favorablement à mes mises en garde. Dans ce cas, je suis dans l'obligation de prendre les mesures qui s'imposent pour ma propre sécurité, je t'informe donc que je ne t'approcherai plus, nous sommes bien d'accord ? Je suppose que tu sais ce que cela veut dire.

— Ma foi, que veux-tu que j'y fasse ?

Il ne montrait toujours aucun étonnement, se contentant de me lancer de temps à autre un regard en coin… Par amour, il était prêt à sacrifier sa vie, ce n'était pas un ami qui allait l'arrêter… Voilà ce que disait son regard.

— Fort bien. Il ne me reste plus qu'à prendre congé. Tu n'as manifestement plus besoin de moi…

Et je me dirigeai à grands pas vers la porte. Il ne chercha pas à me retenir. Il ne bougea même pas de son fauteuil.

*

J'avais donc cessé tout commerce avec Sonomura. Mais je connaissais son caractère versatile, il reviendrait de lui-même s'excuser à la première sensation de solitude. Il devait déjà regretter de m'avoir mis en colère, cela ne faisait pas l'ombre d'un doute. Je passai environ un mois dans la consternation, sans un seul coup de téléphone ni même une carte postale de sa part. Des mots avaient été prononcés la dernière fois, c'est vrai, je m'étais laissé dominer par mes impulsions, mais je n'avais rien de définitif contre lui, et cette absence de nouvelles me tarabustait.

— Il ne s'est pas fait assassiner, j'espère ? Il ne faudrait pas qu'il ait subi le même sort que l'homme en queue-de-pie, tout de même... Il ne resterait jamais aussi longtemps sans reprendre contact avec moi, sans cela...

Cela commença à m'occuper l'esprit à ne plus pouvoir penser à autre chose. Sans compter qu'à côté des devoirs de l'amitié, j'avais peut-être conservé quelques parcelles de curiosité.

Qu'étaient devenus la fameuse Eiko et l'homme aux cheveux en brosse ? Sonomura avait-il fini par en apprendre un peu plus sur ces deux-là ?

Finalement, nous étions déjà début septembre quand la missive tant attendue de Sonomura arriva.

— Ah ah… On a finalement craqué, hein !

Eh bien voilà, il était si gentil quand il le voulait ! Je décachetai fébrilement l'enveloppe et jetai un œil sur sa lettre. A la première ligne, je me sentis pâlir. Cette première ligne disait : *Quand tu liras ceci, dis-toi que ce que tu as entre les mains est mon testament.*

Quand tu liras ceci, dis-toi que ce que tu as entre les mains est mon testament. Dans peu de temps, cette nuit même, c'est certain, je mourrai de la main d'Eiko. Sans doute s'y prendront-ils comme à leur habitude pour m'ôter la vie. Je n'échapperai pas à ce destin quand bien même je le voudrais, et d'ailleurs ai-je vraiment envie d'y échapper ? Tu peux donc considérer ma mort comme une certitude.

Sans doute m'entendre parler de la sorte te surprendra-t-il. Sans doute déploreras-tu ma funeste curiosité et mes goûts dépravés. Mais je t'en prie, oublie ta haine contre moi, si tant est que tu me haïsses. Pense à moi comme à quelqu'un qui, s'il a pu vivre selon ses penchants jusqu'à y perdre la vie, n'était pas qu'un vil esclave de ses goûts. C'est vrai, la dernière fois j'ai été odieux avec toi. Mon attitude méritait amplement que tu rompes tout commerce avec moi. En toute honnêteté, j'étais tellement amoureux que j'étais prêt à perdre sans regret mon dernier ami. J'ai même pensé qu'il valait mieux que tu ne reviennes plus, sermonneur comme tu l'es. C'est la raison pour laquelle j'ai fait ce qu'il fallait pour te fâcher. Comment veux-tu qu'un pauvre type comme moi qui ne connaît pas la valeur de la vie sache apprécier celle de ton amitié ? Tel est le résultat de mon amour fou, aussi, je te prie de ne pas le prendre en mauvaise part. Sachant combien tu connais ma nature, je suis persuadé qu'à l'heure actuelle tu m'as déjà pardonné ce que j'ai pu avoir d'odieux. Je veux croire que toi, toujours si compréhensif, si plein de compassion, tu auras pitié de moi et tu ne t'abandonneras pas à la haine envers ton vieil ami en cette nuit où il s'apprête à quitter ce monde. C'est ce qui me permettra de mourir tranquille.

Je tiens solennellement à lever ici toute inquiétude inutile en ce qui te concerne, il est de mon devoir de te rendre compte de la marche des événements, de ce qui m'a fait en arriver là, à considérer ma mort comme nécessaire. Par cette lettre je veux remplir mon devoir envers toi, et en même temps, je veux te demander encore, à toi, mon ami le plus proche et le plus cher, un service après ma mort.

Si je devais t'écrire tout ce qui s'est passé depuis la dernière fois, je n'en finirais jamais, mais pour résumer très brièvement les choses, et laisser le reste à ta capacité de déduction… disons que la première raison pour laquelle ils s'apprêtent à me tuer est simplement que je les dérange, à présent. Pour Eiko, je ne suis plus utile ni à ses plaisirs ni à ses intérêts. Et pourquoi ? Parce qu'elle m'a déjà pris toute ma fortune, sans en rien laisser. Elle avait dès le début, je pense, flairé ma fortune familiale, et c'est pour cela qu'elle m'avait fait des avances…

J'en étais parfaitement conscient, mais ne pas être amoureux d'elle n'était pas en mon pouvoir. La seconde raison, et vraisemblablement la plus importante, est que l'idée s'est peu à peu imposée à eux que je connais leur secret. Pour leur propre sécurité, ils ne peuvent plus me laisser en vie.

Comment me suis-je aperçu qu'ils avaient le projet de m'assassiner ? Nul besoin d'entrer dans des explications détaillées, dès que tu auras lu le message codé que je joins dans cette enveloppe, tu le sauras aussi bien que moi. Ce message codé, je l'ai trouvé par terre dans mon jardin, hier soir. Sans doute est-ce la trace d'une communication secrète entre Eiko et l'homme aux cheveux en brosse. Ce code leur sert à planifier mon assassinat en secret. La teneur du message ? Il suffit de le traduire selon la même clé que la dernière fois pour que tout s'éclaire. En d'autres termes, ils comptent me supprimer cette nuit à zéro heure cinquante, même endroit, même moyen que la dernière fois. Dès qu'elle m'aura étranglé comme convenu, ils me prendront en photo, j'imagine. Puis ils me plongeront dans la baignoire remplie d'une solution chimique. Mon corps aura quitté cette terre avant l'aube. Ma foi, c'est une façon de mourir plus agréable que d'être foudroyé par une attaque d'apoplexie, ou dispersé en mille morceaux par un obus de canon. Je veux dire, pour ce qui est de laisser sa vie entre les mains de la femme à laquelle j'ai dédié ma vie, surtout. Sans vouloir me vanter, je ne peux imaginer plus grand bonheur que de finir ma vie de cette façon.

La seule chose que je n'ai pas encore devinée, c'est comment Eiko compte procéder pour me faire venir à Suitengû. Ce soir, nous sommes censés aller assister à un spectacle au théâtre impérial. Je suppose qu'au retour elle m'entraînera là-bas sous un prétexte quelconque. C'est ce que j'imagine, en gros.

Au début, ma curiosité n'allait pas plus loin que de l'approcher et faire sa connaissance. Aujourd'hui, il m'est impossible de ne pas sacrifier mon corps entier. Si j'avais tenu à la vie, j'aurais peut-être trouvé moyen d'éviter le destin qui est le mien cette nuit, mais cette envie est bien éloignée de moi. D'ailleurs, maintenant que leur regard s'est posé sur moi, leur échapper cette nuit n'y changerait rien : je ne serai plus jamais à l'abri nulle part. En tout état de cause, ce destin qui est le mien, ce soir, quelque part, c'est moi qui l'ai désiré.

Néanmoins, je veux te rassurer. Bien qu'ils aient l'intuition ténue que j'ai deviné une part de leur secret, ils sont très loin de savoir que nous étions toi et moi, le fameux soir, à les regarder par un nœud creux du volet, et que leur code secret est éventé. A tout le moins, ils n'imaginent même pas qu'il existe un autre individu que moi qui partage la connaissance de leur secret. De sorte qu'après mon assassinat, tant que tu ne chercheras pas à dénoncer leurs crimes, tu seras totalement à l'abri. Garde secret par-devers toi le message codé que je joins à ma lettre, en souvenir de moi. Et je t'en supplie, ne t'en sers pas comme indice pour les confondre. Bien entendu, tu peux compter sur moi, jusqu'au dernier moment je resterai muet sur l'histoire des trous dans le volet. Je tiens à ce qu'elle croie qu'elle m'a pris au piège de son charme et de sa stratégie. Je l'aime, je la révère, et c'est ce que je peux faire de plus gentil, de plus « faithful » pour elle.

Le service que je veux te demander en découle, tu l'as deviné : ce soir à zéro heure cinquante, me feras-tu l'honneur de te glisser dans la ruelle derrière le Suitengû et, comme l'autre nuit, d'assister à mes derniers instants par l'œilleton dans le volet ? Accepteras-tu de voir de tes yeux ma triste fin et comment je quitterai ce monde ? Comme je te l'ai dit, j'ai déjà tout donné de ce que je possède à Eiko, je n'ai plus un sou vaillant en poche. Je n'ai aucun descendant à qui transmettre quoi que ce soit, et je n'ai pas comme toi un art ou une œuvre à laisser à la postérité. Quand mon cadavre sera dissous dans le produit chimique, il ne restera aucune trace de mon existence en ce monde, toute forme ou ombre de ma présence aura disparu. La seule preuve que j'aie vécu n'existera plus que dans ton esprit. A cette pensée, une vague de tristesse m'envahit. Au moins voudrais-je imprimer en toi une image plus forte de ce que fut mon existence. Et pour cela, le mieux est de te demander d'assister à ma mort. Si je sais que tu es là, derrière le nœud creux du volet, je crois que je pourrai entendre mon cœur cesser de battre, l'esprit en paix. Je sais, j'ai déjà été tellement égoïste, je t'ai déjà tellement dérangé, tu penseras que cette dernière requête est décidément le fait d'un indécrottable narcissique, mais je te demande de passer outre, de la considérer comme un signe du karma. Je t'en supplie, écoute ma requête.

J'aurais voulu te revoir une dernière fois avant de mourir, mais depuis quelque temps, les deux autres ne me quittent plus d'une semelle. Même écrire cette lettre tranquillement n'a pas été facile. Te parviendra-t-elle à temps ? Seras-tu au rendez-vous ce soir à zéro heure cinquante ? Voilà les deux seules questions qui me préoccupent maintenant.

J'ai encore une chose à te demander, la plus importante. N'essaie surtout pas, fût-ce par un effet de ta bonté, de me sauver. Ce n'est absolument pas pour trouver une porte de sortie, comme un mauvais perdant, que je désire mourir par la main d'Eiko. S'il te prenait l'envie d'un acte désespéré pour me sauver, si par hasard la voix de l'amitié te dictait quoi que ce soit à cette occasion, sache que pour le coup, je te détesterais irrémédiablement. Sois sûr que notre rupture serait définitive, cette fois. Je n'ai nul besoin d'un ami incapable de comprendre ce qui me fait vivre.

La lettre de Sonomura se terminait de cette façon abrupte. Elle m'était parvenue le jour même, en début de soirée.

Que devais-je faire ? Aller à la police dénoncer une organisation criminelle pour le sauver, faisant fi de sa requête ? Ou au contraire, répondant à son attente, me parer des devoirs de l'amitié pour suivre ses consignes à la lettre ? La seconde solution, évidemment, était la seule envisageable.

Je n'aurai pas le courage de vous décrire par le menu la scène que je vis cette nuit-là par l'œilleton d'un nœud de bois évidé. Exactement la même chose que la fois précédente, à la différence près qu'il s'agissait alors du meurtre d'un homme en queue-de-pie qui n'était rien pour moi, alors que cette fois, c'était celui d'un ami intime qui se déroulait devant mes yeux. Comment pourrais-je faire la description de cette scène avec toute la sérénité voulue ?

J'étais déjà venu, mais la nuit était noire lorsque Sonomura m'avait entraîné par les ruelles du quartier et j'étais totalement incapable de dire de quel côté nichait la maison. Il me fallut bien une heure à tourner en rond pour la retrouver. Quand enfin je la reconnus, il ne restait que cinq ou six minutes avant le rendez-vous de zéro heure cinquante. Comme la fois précédente, la marque de l'écaille était en évidence devant l'entrée, cela va sans dire. Sans elle, je n'aurais sans doute jamais retrouvé la maison. Finalement, j'assistai à toute la scène, depuis l'étranglement de Sonomura par la femme et la prise de vue jusqu'à son immersion dans la baignoire. Seule modification : si la dernière fois tout s'était passé de dos, cette fois-ci, aussi bien les acteurs que la victime étaient face à mon œilleton dans le bois, exactement disposés pour mon confort de spectateur. Même mort, l'œil de Sonomura resta tout du long braqué sur le trou dans le volet, plongé dans le mien.

Le sous-obi autour du cou, il s'était mis à danser frénétiquement et à se contorsionner devant la mort, quand un gémissement lourd, douloureux, d'une tristesse terrible s'échappa de ses lèvres avec son dernier souffle. Au même instant, un sourire glacial colora les joues d'Eiko. L'homme aux cheveux en brosse laissa voir le blanc de ses yeux marqués d'une ombre de férocité. Je ne peux que laisser le lecteur apprécier combien cette vision me remplit d'effroi.

La photographie du cadavre, le mélange des produits, tout se déroula selon le même processus que la dernière fois, puis sa dépouille fut immergée dans la baignoire occidentale.

— C'est un maigre, comme M. Matsumura, il se dissoudra sans histoire, dit Eiko.

— Il en a de la chance, ce gars-là... Remettre sa vie entre les mains de la femme qu'il aimait, n'était-ce pas son plus vif désir, en fin de compte ? ajouta l'homme coiffé en brosse à voix basse, avec un petit rire sifflant.

J'attendis que les lumières fussent éteintes avant de m'extirper de mon réduit, puis, sur mes jambes chancelantes, j'empruntai l'avenue de Ningyôchô en direction de Bakurochô.

— Et voilà... c'est donc fini. Celui qui s'appelait Sonomura n'est plus...

Plus que de la tristesse, cette pensée me donna une impression d'absurdité et de futilité sans nom. Il avait mené une vie de bâton de chaise, se livrant à ses folies jusqu'à sa mort qu'il avait choisie la plus tordue possible. Voilà où mènent les ravages de l'excentricité, pensai-je.

Deux jours plus tard, au petit matin, une lettre me parvint par la poste. Je l'ouvris. C'était la photographie qui représentait Sonomura mort, celle qui avait été prise l'avant-veille. Bien entendu, aucun nom d'expéditeur.

Je retournai la photographie et y trouvai un assez long texte d'une écriture que je ne connaissais pas.

Ayant entendu dire que vous étiez un ami intime de M. Sonomura, nous nous permettons de vous adresser cette photo-souvenir. Il n'est pas impossible que vous ayez votre petite idée sur la mystérieuse disparition de M. Sonomura. Auquel cas, la vision de cette rebutante photographie devrait vous apporter toute la lumière souhaitée sur ce mystère. Effectivement, un jour quelconque d'un mois quelconque, en un lieu non moins quelconque, M. Sonomura a perdu la vie.

D'autre part, un message testamentaire de M. Sonomura à vous adressé nous a été confié. Il se trouve avec une faible somme d'argent dans le tiroir du bureau de la bibliothèque de la résidence de M. Sonomura, à Shiba-Yamauchi. Vous pouvez venir le retirer à votre convenance. M. Sonomura nous l'a confié quand il a compris qu'il n'échapperait pas à son destin, nous voulons simplement vous le remettre conformément à ses volontés.

Nous avons pleinement confiance en votre probité. Permettez-nous de terminer sur ces mots : tant que vous ne trahirez pas cette confiance, nous ne vous causerons aucun ennui.

Je n'eus pas plus tôt fini de lire ce message que je plaçai la photographie en dessous de la pile dans mon armoire à manuscrits, que je fermai à clé. Puis je partis immédiatement pour la maison de Sonomura à Shiba.

Tiens, c'est tout de même étrange, comment se fait-il qu'aujourd'hui encore l'homme aux cheveux en brosse joue le rôle de l'étudiant au pair à la porte d'entrée de la résidence ? Avant même que j'aie le temps de prononcer un mot, il me précède pour me conduire jusqu'au bureau-bibliothèque…

De plus en plus étrange, au milieu de la bibliothèque, Sonomura, celui qui est censé avoir été assassiné avant-hier, est assis dans l'un des grands fauteuils et fume nonchalamment une cigarette. Le temps de pousser un cri de surprise…

Merde ! Sonomura, espèce de salaud ! Ah, mais tu m'as bien eu depuis le début !

Je m'élançai vers lui.

— Mais enfin, vas-tu m'expliquer ? Qu'est-ce que cela veut dire ? Tout était donc inventé ? Et moi qui me suis fait un sang d'encre sans me rendre compte que je me faisais mener en bateau !

Et je le regardai avec une intensité à lui crever les yeux. J'aurais peut-être réagi différemment s'il s'était agi d'un autre, mais Sonomura, décidément, je ne pouvais pas lui en vouloir.

— Bah, désolé, mon vieux… fit Sonomura à mi-voix en regardant au loin.

Puis, avec son habituel air déprimé, dénué de la moindre ombre d'orgueil :

— Ma foi, si tu penses que tu t'es fait avoir, je ne te contredirai pas. Mais ne crois pas que j'aie monté cette blague de toutes pièces depuis le début. Dans la première partie, c'est moi qui ai été la dupe d'Eiko. Et je ne cherchais pas du tout à m'amuser à tes dépens, il faut que tu comprennes bien ça, continua-t-il, avant de développer l'explication suivante.

Eiko était actrice dans une compagnie. Sa carrière était portée par sa beauté et son talent. Mais, atteinte d'impudicité et de nymphomanie congénitale, elle avait été rapidement évincée de la troupe et s'était retrouvée dans une bande de jeunes voyous. C'est alors qu'elle avait pris l'habitude d'escroquer les hommes fortunés. Or, il se trouve qu'un dénommé S, qui avait été dans le passé étudiant au pair à la résidence Sonomura, avait fait la connaissance d'Eiko suite à des revers de fortune. Celle-ci lui avait fait décrire Sonomura dans les moindres détails. S l'avait peint en ces termes : « Sonomura est plein aux as, il a tout son temps libre, c'est un excentrique qui recherche désespérément une femme pas comme les autres. Il est d'un caractère assez difficile, mais il est surtout plus ou moins détraqué, du genre à donner toute sa fortune, voire sa vie, pour la femme qu'il aime. Si tu mets le grappin sur lui grâce à ton intelligence et à ton charme, ça peut marcher. Je vais t'indiquer un plan qui va le ferrer au premier coup d'œil, tu devrais vraiment tenter le coup. »

Tout le reste, de la scène du message codé dans la salle de cinéma à celle du meurtre de l'homme en queue-de-pie dans la maison de Suitengû, avait été mis en scène par Eiko avec la coopération de quelques hommes de sa connaissance, sur une proposition originale de S, afin d'attirer Sonomura jusqu'au nœud évidé dans le volet. Le message codé avait été imaginé à moitié comme une blague par S, et l'homme coiffé en brosse l'avait jeté aux pieds de Sonomura. Les produits chimiques violet et vert pour dissoudre les corps étaient des leurres et l'homme en queue-de-pie avait seulement fait semblant de mourir. La phrase à propos de « M. Matsumura » avait traversé l'esprit d'Eiko qui s'était souvenue d'avoir lu cette histoire à propos du vicomte Matsumura. Et c'est ainsi que les goûts et les petites manies sexuelles de Sonomura que connaissait parfaitement S avaient été touchés en plein dans le mille, au point qu'il était tombé instantanément amoureux d'Eiko.

Ainsi donc, tout d'abord, c'était Sonomura qui avait été la dupe d'Eiko. Dans un deuxième temps, c'était moi qui avais été la dupe de Sonomura. Lorsqu'il était devenu intime avec elle, et bien qu'il fût maintenant parfaitement conscient de s'être fait piéger, il n'avait pu s'empêcher d'adorer ce goût qu'elle avait de se jouer des hommes, goût qui d'ailleurs atteignait bien les sommets de son excentricité à lui. Cela avait encore renforcé son amour pour elle. Il savait fort bien qu'il avait été joué, et pourtant, pour lui, ce qu'il avait vu la fameuse nuit par le nœud évidé dans le volet n'était pas à proprement parler un mensonge. Lui aussi voulait perdre la vie dans les mains d'Eiko, comme l'homme en queue-de-pie. Impossible de lui ôter cette image de la tête.

Eiko en avait fait son jouet. Elle lui avait soutiré argent et biens. En dernier ressort, il lui avait demandé, avec une sincérité passionnée :

— Je te donne toute ma fortune, alors, je t'en conjure, tue-moi pour de vrai, de tes mains, comme tu l'as fait la dernière fois. Je n'aurai rien d'autre à te demander jamais.

Cependant, si excentrique et sans foi ni loi qu'elle fût, Eiko ne pouvait accéder à sa demande.

— Au moins, fais semblant. Je veux absolument montrer cette scène à un ami, lui demanda-t-il alors.

Ce n'était pas là simple caprice d'excentrique. Je ne doute pas, tant son désir de jouer à ce jeu était puissant, qu'il y mettait un certain plaisir intime tout à fait particulier…

— Inutile d'aller plus loin, j'imagine, tu as compris l'essentiel. Je ne me suis pas moqué de toi par méchanceté gratuite. Si c'était possible, j'aurais voulu croire autant que toi à la réalité du fait que ton vieil ami Sonomura était mort assassiné des mains de cette femme. Observé par toi à travers l'œilleton, je voulais appréhender au plus près la réalité de la scène et de l'émotion de cette nuit. Parce que le jour où Eiko sera d'accord, je te montrerai comment je peux aussi mourir pour de vrai.

Un léger bruit de mules sur le sol derrière la porte se fit entendre, et Eiko pénétra dans la pièce. Jouant entre ses doigts avec le sous-obi grâce auquel elle avait interprété tant de scènes immorales, elle vint se placer entre nous deux, comme pour m'être présentée, avec un sourire dénué de la moindre parcelle de mal.

Imprimé en Espagne par

CPI
BLACK PRINT

Dépôt légal : août 2021